STEFAN VALENTIN MÜLLER

Die Barnabas-Kapelle

Der zweite »Rose«-Krimi

emons:

MIX
Papier aus verantwortungsvollen Quellen
FSC www.fsc.org FSC® C083411

Umschlagmotiv: Heribert Stragholz
Umschlaggestaltung: Tobias Doetsch
Druck und Bindung: CPI – Clausen & Bosse, Leck
Printed in Germany 2011
ISBN 978-3-89705-893-4
Originalausgabe

Unser Newsletter informiert Sie
regelmäßig über Neues von emons:
Kostenlos bestellen unter
www.emons-verlag.de

GESTALTLOSER WALD
NEBEL AUF HERBSTLAUB
DIE STÄMME SCHWEBEN

EINS

Etwas hatte sich verändert. Alois Geisa saß vor seinem Haus und blickte zum bunten Herbstwald hinüber. Dort, ein Stück hinter dem Dorf, wo ihr Garten lag, stieg dünner Rauch auf. Ein paar Tauben schossen über seinen Kopf hinweg. Ihr Flügelschlag schnitt fauchend durch die Luft.

Kaum eine halbe Stunde war vergangen, seit seine Frau ihren schweren Körper in die Kittelschürze gezwängt hatte und losgeradelt war. Während er mit einer kleinen Schaufel die Bierflasche aufhebelte, rätschte in der Ferne ein Eichelhäher. Der Kronkorken landete vor seinen Füßen, tanzte kurz, kam zur Ruhe. Alois Geisa setzte die Flasche an.

Es war noch früh. Eigentlich zu früh für das erste Bier, aber er wollte seinen Ärger hinunterspülen.

Sie hatten Streit gehabt, bevor Anna zum Garten fuhr. Faul sei er, hatte sie geschimpft, ein Nichtsnutz, der nur auf der Bank vorm Haus sitze und sich die Sonne auf den Bauch scheinen lasse. Immer hatte sie etwas zu meckern, dachte er, nie hatte er seine Ruhe. Ein Kreuz mit der Alten.

Wie hatte er es nur fünfzig Jahre mit ihr aushalten können? Fünfzig Jahre, ein halbes Jahrhundert. Das muss man auch erst mal hinkriegen. Und es war auch nicht alles von Übel. Ganz und gar nicht.

Er erinnerte sich noch genau, welches Kleid sie trug, als er sie zu ihrem ersten Tanz aufgefordert hatte. Sie war ja noch ein Mädchen gewesen damals, ganz scheu und schlank. Und er war auch kein Draufgänger. Er lächelte.

Wie oft waren sie spazieren gegangen, bis er seinen ersten Kuss bekam? Die anderen Jungen im Dorf hatten schon gelacht und ihm Ratschläge erteilt.

Dann endlich, eines Abends im September, saß Anna neben ihm auf einer Anhöhe über dem Dorf. Wie zufällig war seine Hand in ihre gerutscht, und sie hatte seine Finger fest umschlossen. Das hatte er als Aufforderung verstanden und, ohne zu überlegen, ihre Lippen geküsst. Sie hatte so schöne Lippen, das war ihm gleich aufgefallen, schon als er sie das erste Mal gesehen hatte.

Eigentlich hatte sie noch immer einen schönen Mund, wenn sie nicht gerade meckerte. Wie lange hatte er sie nicht mehr geküsst? Weshalb küsst man sich nicht mehr, wenn man fünfzig Jahre verheiratet ist, fragte er sich. Oder küsst man sich nicht mehr, weil man alt ist?

Gleich wenn sie vom Garten zurückkäme, nahm er sich vor, würde er sie küssen. Anna würde Augen machen. Damals, nachdem er sie das erste Mal geküsst hatte, sagte sie ihm, dass sie seine Hand nur gedrückt habe, weil sie über die Berührung erschrocken sei. Darüber hatten sie häufig gelacht, er und Anna.

Auch jetzt lachte Alois Geisa und wischte sich über den Mund, dann strich er mit der Hand über das silbrige Holz der Bank.

Die Bank, auf der schon sein Vater gesessen hatte mit seinen großen, schwieligen Händen. Wie oft hatte Alois Geisa die Härte dieser Hände gespürt? Damals, in diesen fernen, freudlosen Tagen seiner Kindheit. Doch so schnell die Erinnerung ihn angesprungen hatte, so schnell verkroch sie sich wieder. Er kniff die Augen zusammen.

Der Rauch war stärker geworden. Zu stark für ein Unkrautfeuerchen, dachte er. Was verbrennt sie nur, die Frau? Der Häher rätschte noch immer. Alois Geisa stand mühsam auf, die Knie schmerzten, besonders jetzt, wenn der Sommer sich aus dem schmalen Seitental zurückzog und die kalte Luft von den Hängen herabfloss. Die Sonne stand noch tief. Er beschattete die Augen und starrte Richtung Wald.

Die Blätter der Buchen und Eichen am Hang hatten sich bereits gelb und leuchtend rot verfärbt, zwischen den Laubbäumen standen dunkelgrüne, reglose Tannen. Der Rauch striemte dunkel in das Blau des Herbsthimmels. Krähen schrien und schwirrten das Tal hinab.

Etwas war nicht in Ordnung. Etwas beunruhigte ihn. Etwas knirschte in seinem Knie, als er losging.

Alois Geisa machte sich auf den Weg zum Garten. Der Rauch stand jetzt als schwarze Säule über dem Wald. Es musste ein großes Feuer sein. Das Grundstück lag einen Kilometer vom Ort entfernt. Er ging schnell, fast rannte er. Noch bevor er die Biegung des Weges erreicht hatte, hinter der der Garten lag, roch er es.

Beißender Rauch, brennendes Holz, schwelender Gummi und etwas, was er zuerst nicht bestimmen konnte: Es roch nach verbranntem Fleisch.

Vor dem offenen Gartentor lag Annas Fahrrad. Mit einem Satz sprang er darüber hinweg und rannte auf den brennenden Schuppen zu. Die wütende Hitze schlug auf ihn wie ein Brett. Alois Geisa taumelte zurück. Er schrie ihren Namen. »Anna«, schrie er und stürmte wieder auf die Flammen zu. Die Wände des Schuppens waren Feuer, das Dach war Feuer, und das Innere war Feuer. Selbst die Luft war Feuer.

Alois Geisa rang nach Atem, er schrie und rannte um das brennende Gebäude herum. Dann stürzte das Dach ein, Funken stoben aus den Flammen, die Wände schienen sich drehen zu wollen, verbogen sich und sackten in einer irren Verneigung krachend zusammen.

Ein Feuerball löste sich aus den Flammen und kam auf ihn zu. Eines ihrer Hühner, lodernd, ein lodernder, lebender, ein sterbender Busch aus Flammen und Federn. Er riss die Arme in die Luft und schrie wieder ihren Namen, schrie wie ein waidwundes Tier.

Dann sackte er auf die Knie und bedeckte das glühende Gesicht. In das Knistern des Feuers mischte sich die Sirene der Freiwilligen Feuerwehr von Jakobsthal.

ZWEI

Er sah den Alten um den brennenden Schuppen laufen und die Feuerwehrmänner aus dem Löschwagen springen. Dabei griff er in einen Rucksack und zog zusammengeknülltes Zeitungspapier hervor. Mit dem Fuß schob er etwas Laub zur Seite, faltete vorsichtig das Papier auseinander und leerte einige Eierschalen auf die freigescharrte Stelle neben sich.

Zwei der Männer in alarmgelben Jacken packten den alten Mann unten am Schuppen und zerrten ihn vom Feuer weg. Andere rollten einen Schlauch aus und spritzten Wasser auf die brennenden Trümmer. Eine weiße Wolke aus Wasserdampf schoss empor, und das Feuer zischte wie eine riesige, gereizte Schlange.

Selbst hier oben spürte er die feuchte Hitze, die von der Löschwasserwolke ausging. Die gelbjackigen Männer rannten zwischen Löschwagen und Schuppen hin und her. Es kam ihm wie die Generalprobe zu einem wahnwitzigen Theaterstück vor. Sein eigener Auftritt lag hinter ihm, lange zurück.

Kurz sah er sich über einen langen Flur laufen, ein Telefonläuten und Rufe im Ohr. Er sah sich auf dem Boden liegen, den Hörer umklammert, wie auf dem Grund eines tiefen Schwimmbades, Gestalten über ihm, die ihn mit tonloser Stimme anriefen, offene Münder, aufgerissene Augen, Hände, die nach ihm griffen, ihn anhoben, wegtrugen und ihm dabei den Telefonhörer entrissen. Und die Dunkelheit danach, die ihm das Wichtigste, das Einzige, sein Licht genommen hatte.

Er rieb sich mit den Fingern über die brennenden Augen, als wolle er dort, unter den Lidern, die Vergangenheit vertreiben.

Der Schauplatz belebte sich. Immer mehr Menschen kamen vom Dorf her. Die Feuerwehrmänner mussten sie aus dem Garten drängen. Den Alten konnte er nicht mehr entdecken, er war irgendwo da unten zwischen den Gestalten am Wagen. Ein großer schwarzer Hund rannte zwischen den Beinen der Leute umher. Lief am Zaun entlang. Kurz vor der Stelle, wo er eine Stunde zuvor den Draht heruntergebogen hatte und hinübergeklettert war, drehte der Köter ab, lief zurück.

Er mochte keine Hunde. Seine Hand griff nach dem Rucksack und zog den Riemen über seine Schulter. Geduckt ging er ein paar Schritte nach hinten, spähte nach unten: Alles starrte auf das Feuer. Langsam zog er sich weiter in den Jungwuchs zurück und verschwand über die Kuppe des Hangs.

DREI

Richard Rose war müde. Ein Zustand, der ihn begleitete wie ein Blindenhund seinen Herrn. Rose saß an seinem Schreibtisch und versuchte die Akten vergangener Mordfälle durchzuarbeiten. Er wollte sich ein Bild von seinem neuen Arbeitsgebiet machen, wobei ihn vor allem ungelöste Fälle interessierten.

Rose war erst seit Kurzem bei der Aschaffenburger Mordkommission. Er kannte die Stadt ein wenig und hatte zugegriffen, als eine Planstelle frei wurde. Tapetenwechsel, hatte er seinem alten Chef gesagt, eine Chance, der Routine zu entkommen, außerdem eine schöne Stadt am Fluss, heiter, freundlich.

In ehrlichen Momenten gestand er sich ein, dass es eine Flucht gewesen war, eine Flucht vor seinem alten Leben, vor dem Zugeständnis des Scheiterns seiner Ehe, vor sich selbst. Er wollte nicht mehr in München bleiben, dort, wo er eine Familie gehabt hatte, eine Frau, eine Tochter, ein Leben. Lisa war jetzt fast sechs Jahre alt. Sie lebte mit ihrer Mutter, Ines, seit der Trennung in Berlin. Auch sie wollten ein neues Leben beginnen. Ohne ihn.

Rose schüttelte den Kopf, das Verrückte war, sagte er sich, dass er noch nach über einem Jahr nicht wirklich verstehen konnte, weshalb Ines ihn verlassen hatte. Die Liebe sei ihr irgendwann abhandengekommen, hatte sie eines Abends gesagt, als er in Berlin war, um Lisa zu besuchen.

Anfangs hatte er geglaubt, dass ein anderer Mann dahinterstecken müsse, das hätte es ihm möglicherweise leichter gemacht, mit der Situation umzugehen. Dann hätte er den Zorn, den er in sich spürte, auf ein Objekt lenken können. So aber musste er in den Spiegel starren und erkennen, dass diese Wut in seinem Innern gegen ihn selbst gerichtet war.

Hinter diesen müden Augen erblickte er einen Haufen Unrat, den Sondermüll der eigenen Versäumnisse. Wie sein vertrautes Spiegelbild hatte er ihre Ehe irgendwann als selbstverständlich angesehen, hatte ihre Blicke ignoriert, die ihm etwas sagen wollten, hatte seine Ohren verschlossen vor dem leisen, kratzenden Geräusch, das den Verschleiß der Gefühle begleitete.

Er dachte an Ines, die ihn verlassen hatte, und wünschte, sie möge anrufen, um ihm zu sagen, dass sie zurückkommen wolle. Er blickte auf das Telefon. In diesem Moment läutete es.

Rose zuckte zusammen.

»Herr Kollege, in Jakobsthal ist eine Frau umgekommen. Ungeklärte Todesursache. Sie sollen sich das bitte ansehen.«

Rose schloss den schweren Aktenordner in seiner Hand: Der Fall Claudia Herzog, ein offener Mordfall. Vor gut zwanzig Jahren war die Sechzehnjährige vergewaltigt und erwürgt worden. Er hatte den Autopsiebericht und einige Zeugenaussagen überflogen. Anhand der vielen Zeitungsausschnitte konnte Rose erahnen, dass der Fall damals großes Aufsehen erregt hatte. Der Täter war bis heute nicht gefunden worden.

Die Vorstellung, dass ein Mann ein Mädchen missbrauchte und anschließend tötete, um danach sein Leben unbehelligt weiterführen zu können, machte Rose wütend und traurig zugleich. Doch hatte er im Laufe der Jahre als Ermittler akzeptieren müssen, dass es Fälle gab, die nie gelöst werden würden. Die Aufklärung anderer vergessener Taten dagegen erbrachte manchmal der Zufall oder einfach die Zeit, die imstande war, wie die Meeresbrandung verschollene, zugeschüttete Dinge auszugraben und ans Licht zu bringen. Doch dies war eher selten. Er wusste, dass viele Mörder unerkannt und ungestraft ins Grab gelegt wurden, vielleicht beweint und als Mensch schmerzlich vermisst.

Oft hatte er sich gefragt, ob und wann diese Taten geahndet würden. Zu Lebzeiten? Danach? Niemals? Gab es das: Gerechtigkeit? Gerechtigkeit für solche ungeklärten, unaufgedeckten Fälle, oder straften sich die Täter selbst durch ihre Taten, die sie für immer mit sich trugen, wie einen dunklen, verzehrenden Keim?

Vor der Dienststelle wartete ein Einsatzwagen. Zwei uniformierte Männer saßen auf den Vordersitzen. Sie beobachteten

Rose schweigend, als er das Gebäude verließ und auf sie zukam. Rose öffnete die hintere Tür und fragte, ob das Fahrtziel bekannt sei.

»Jakobsthal, es ist nicht weit, und doch ist es weit«, sagte der Fahrer.

»Wie darf ich das verstehen?«, fragte Rose.

»Das werden Sie sehen, wenn wir dort sind«, sagte der Beamte. »Dann los zu den Tälern, wo noch die Wölfe heulen.« Er fuhr ruckend an. »Dann los.«

»Hören Sie nicht auf ihn«, sagte sein Kollege auf dem Beifahrersitz, er rieb sich seinen dunklen Dreitagebart. »Wölfe gibt es da schon lange keine mehr.«

Der Wagen reihte sich in die Auffahrt zur Ebertbrücke ein. Stoßstange an Stoßstange. An der Biegung des Flusses lagen menschenleere Schrebergärten, dahinter das Schloss Johannisburg.

Richard Rose betrachtete zu seiner Rechten das mächtige Bauwerk aus rotem Sandstein. Hunderte Fenster blickten zurück. Rose wusste dahinter die endlosen, stillen Flure des Schlossmuseums und der Bibliothek gelegen.

Kurz sah er sich mit Ines und Lisa in einem Museum für zeitgenössische Kunst. Es war auf einer Urlaubsreise gewesen, und seine Frau war ausgelassen wie lange nicht mehr. Sie hatte Kunstgeschichte studiert und zugunsten ihrer Tochter die Stelle an einem Münchner Institut aufgegeben. An diesem Tag, unter den großformatigen Gemälden, deren bunte Farben einen leichten Schwindel in Roses Kopf zurückließen, fühlte er, wie sehr ihr ihr Beruf fehlte. Er wollte sie darauf ansprechen, doch die Worte lagen wie ein zu schweres Essen in seinem Magen, so hatte er nichts dazu gesagt. Insgeheim fürchtete er Verwicklungen und organisatorische Probleme, wenn Ines wieder arbeiten würde, für ihn war es am bequemsten, so wie es war.

Das hatte er aber erst viele Jahre später erkannt, zu einem Zeitpunkt, als Worte nichts mehr richten konnten und es schon zu spät war für nachgereichte Einsichten.

Der morgendliche Main war unter einer diesigen Luftschicht beinahe verborgen. Ein Frachtschiff schwebte durch die Milch des Frühnebels. Rose konnte keine Menschen auf dem Kahn ausmachen, er schien ihm führerlos dahinzugleiten, wie ein vergessenes, ausgedientes Wrack auf dem weiten Weg zur letzten Werft.

Der Wagen rauschte durch einen schluchtartigen Abschnitt der Ringstraßenführung, durchquerte ein gesichtsloses Wohnquartier und das angrenzende Gewerbegebiet. Autohändler, Tankstellen. Rose schaute einer hellroten Plastiktüte hinterher, die, vom Fahrtwind aufgewirbelt, sich triumphierend aufblähte, drehte und zusammensackte, um resigniert am Straßenrand zu landen.

Der Fahrer lenkte den Wagen auf die Autobahnauffahrt und drückte das Gaspedal durch, Roses Oberkörper wurde in den Sitz gepresst.

Der Wagen schwenkte auf die Überholspur. Die vorausfahrenden Fahrzeuge machten bereitwillig Platz und ließen den Einsatzwagen passieren. Durch Roses Blickfeld rasten Bäume und Büsche wie grüne Striche und Rechtecke, dann tauchte der Wagen in eine Röhre aus Beton. Lichtfelder blitzten aus Sichtfenstern an den Wänden. Die Motorengeräusche hallten dumpf ins Wageninnere.

Am Ende der Einhausung drosselte der Fahrer das Tempo und blickte kurz zu Rose.

»Jetzt verlassen wir die Autobahn, dann geht es durch den Spessart.«

»Pass auf, dass du keinen Wolf überfährst«, sagte der Beifahrer.

Der Wagen passierte ein lang gezogenes Dorf, dann fuhr er bergan auf einer schmalen Landstraße durch ein geschlossenes, bunt gefärbtes Waldgebiet. Die morgendliche Herbstsonne fiel durch die Bäume wie die Strahlen starker Scheinwerfer. Die Blätter leuchteten flammend rot und strahlend gelb in dem klaren, warmen Licht.

Rose wäre jetzt gerne ausgestiegen und losgelaufen, ohne Ziel. Durch das raschelnde Herbstlaub, ohne zu wissen, wohin dieser Wald führte. Er wollte den Geruch einatmen, der zwischen den Stämmen hing, eine Melange aus feuchtem Laub, dunkler Erde, Pilzgeruch. Eine Ahnung vom Vergehen und Verfallen, würzig und schwer. Dieser Geruch, der ihm seit seiner Kindheit vertraut war, den er auf den sonntäglichen Spaziergängen mit den Eltern aufgesogen hatte.

Damals waren ihm die Wälder riesig vorgekommen, die Wege endlos und verworren und der Vater groß und unerschütterlich, dabei fern und unerreichbar. Die Arme ragten aus den Manteltaschen, als fürchteten sie die Berührung kleiner, suchender Hände, seiner Hände oder die der stillen Mutter. Einzig ihre Füße pflügten im Einklang durch das rauschende Laub.

Die Straße war halb mit Blättern bedeckt, kaum ein Fahrzeug kam ihnen entgegen.

»Das scheint ein großer Wald zu sein«, sagte Rose nach einer Weile.

»Der Spessart? Riesig ist der. Früher gab es kaum Straßen durch den Wald, nur Bären und Wölfe und Räuber.«

»Das sind doch Spessartmärchen«, sagte der Dreitagebart.

»Und Wilderer! Der halbe Spessart stammt von Wilderern ab. Sehen Sie sich meinen Kollegen an: H_2O – Obermeister Heribert Hasenstab. Zweimal H und einmal O: H_2O.«

»Rudi Schmitt! Du hättest Genie und nicht Polizist werden sollen«, erwiderte der andere.

»Jedenfalls ist der Kollege zum Fürchten, nicht wahr? Der kommt auch aus dem Spessart. Sein Vorfahr war ein berühmter Wilderer. Den haben sie sogar nach Australien deportiert. Ein Jahr später war er wieder da, konnte es einfach nicht lassen, das Wildern. Und der Urenkel hier wird Polizist, ausgerechnet wird der Polizist.«

Der Beifahrer klopfte ihm auf die Schulter. »Es ist gut, Rudi.«

»War nur ein Scherz.«

Sie passierten eine einsame Waldgaststätte und bogen von der Straße auf eine kleinere Nebenstraße ab.

»Das war das Engländerhaus. Da wurde ein Engländer von den Spessartern erschlagen, solche Typen sind das, solche Typen.«

Der Beifahrer schlug sich an die Stirn. »Hören Sie nicht auf seine Geschichten, Herr Kommissar.«

Vor ihnen fuhr gemächlich ein Leichenwagen. Rudi Schmitt trat auf das Gaspedal und überholte. Rose sah hinter dem Steuer des schwarzen Wagens einen kahlköpfigen Mann mit Sonnenbrille und dunkler Krawatte emporragen, der ihnen kurz zuwinkte.

»Der schwarze Peter. Soll sicher die Tote holen. Den schicken sie immer, wenn die Sache unappetitlich ist. Selbstmörder auf der Schiene auflöffeln oder aufgeblasene Wasserleichen. Der ist völlig emotionslos«, sagte Polizeiobermeister Hasenstab und grüßte zurück.

Nach einer engen Kurve endete der Wald, und eine Ortschaft lag unter ihnen im Tal. Der Talgrund war von buntem Herbstwald eingeschlossen. Grasbewachsene Hügelkuppen umwölbten die Häuser.

»Jakobsthal«, sagte der Fahrer, »da liegt Jakobsthal.«

Kurz vor den ersten Gebäuden zeigte er aus dem Fenster.

Roses Blick blieb an einer Wiese hängen, die umgegraben aussah.

»Sauen! Die richten immer mehr Schaden an, Herr Kommissar. Das waren die Wildschweine.«

Der Wagen fuhr langsam durch den Ort. Das Motorengeräusch hallte von den Häusern wider. Geschlossene Hoftore, zugezogene Gardinen. Kaum ein Mensch war auf der Straße zu sehen.

In der Tür eines Lebensmittelgeschäftes stand ein dunkelhaariger Mann in einem weißen Kittel. Auf der Scheibe stand in großen Buchstaben: »Obst und Gemüse Çiçek«. Der Mann strich über seinen grauen Schnauzbart und blickte dem Dienstwagen hinterher.

Am Ortsende bog der Wagen links ab. »Kapellenweg«, las Rose auf dem blauen Straßenschild. Hier waren ein paar Menschen zu sehen.

»Das Spektakel will sich keiner entgehen lassen, wenn schon mal was los ist«, sagte Rudi Schmitt zu seinem Beifahrer.

»Du wärst der Erste, da wette ich«, meinte der andere.

Nach einem knappen Kilometer gelangten sie an ihr Ziel.

Der Garten war mit rot-weißen Flatterbändern abgesperrt. Einsatzwagen standen kreuz und quer auf dem schmalen Teerweg, direkt vor dem Gartentor parkte der Transporter der Spurensicherung. Schaulustige standen vor der Absperrung, dahinter liefen Männer und Frauen in Uniform und Personen in weißen Overalls herum. Die Feuerwehr war bereits abgerückt, der Brandherd gelöscht.

Rose näherte sich den rauchenden Überbleibseln des Schuppens. Ein paar Balken glühten noch, der Rest war verkohlt. Der bunte Hochwald zog sich den Hang hinauf. Seine untere Grenze war bis zum Garten vorgerückt, umstellte ihn wie eine lockere Palisadenwand. Die milde Herbstsonne beleuchtete die Szenerie.

Eigentlich, dachte Rose, ist heute ein schöner Tag zum Sterben. Abschiedswetter, die Erde bereitet sich vor auf den großen winterlichen Tod.

Rose stand vor den dampfenden Trümmern in einem warmen Matsch aus Löschwasser und Asche. Er grüßte mit einem Kopfnicken den Polizeifotografen, der seine Kamera auf ein schwarzes Etwas richtete und es von allen Seiten ablichtete. Rose trat näher und betrachtete die verkohlte Leiche.

Der Körper lag mit angezogenen Beinen und nach hinten verdrehtem Kopf zwischen schwarzen Balken und verrußten Dachziegeln. Die Lippen waren von den Flammen aufgezehrt, die Zähne vollends entblößt. Die Oberfläche des Körpers war an verschiedenen Stellen aufgeplatzt, die verbrannte Kleidung hatte sich in die Haut gefressen. Rose wendete sich kurz um, als der Leiter der Spurensicherung, Klaus Bolander, auf ihn zukam. Schweigend reichten sie sich die Hände. Sie blickten eine Weile stumm auf die Tote.

»Ganz schön unschön«, sagte der Mann im Overall, sein Kaiser-Wilhelm-Bart federte an den Enden. »Matschiger Boden, Hühnerkacke, Feuerwehreinsatz, Schaulustige. Fußspuren können wir vergessen. Ansonsten: ein total verbrannter Holzschuppen mit der verkokelten Frauenleiche drin.«

»Fremd- oder Eigenverschulden?«

»Dazu kann ich noch nichts sagen«, Bolander seufzte, »der Medizinmann hat bisher auch nichts festgestellt.«

»Weiß man was über die Tote?«

»Anna Geisa, zweiundsiebzig Jahre alt. Sie wohnte im ersten Haus Richtung Dorf. Ihr Mann rannte um den brennenden Schuppen, als der Löschtrupp hier eintraf. Die Jungs mussten ihn mit Gewalt vom Feuer fernhalten.«

»Hat er die Feuerwehr verständigt?«

»Soviel ich weiß, war es eine Nachbarin.«

»Keine weiteren Hinweise auf den Hergang?«

Klaus Bolander zuckte die Schultern. »Die Erkenntnis selbst ein Raub der Flammen, im Ungefähr sie schwammen.« Er blickte Rose auffordernd an, als dieser nicht nachfragte, räusperte sich Bolander: »Eigenzitat.«

Rose deutete auf eine heruntergebogene Stelle im Maschendrahtzaun. Bolander nickte. Roses Blick strich die bunten Hänge hinauf. Der Weg, der an dem Garten vorbeiführte, stieg an und verlor sich im Wald.

»Ich denke, wir sollten auch die nähere Umgebung sondieren. Wissen Sie, wohin der Weg führt?«

Der Mann im Overall roch an einem schwarzen Klumpen, dann blickte er auf den Weg.

»Jemand meinte, zur Barnabas-Kapelle.«

Hinter Rose standen Schmitt und Hasenstab und unterhielten sich.

»Wenn Sie sich hier umgeschaut haben, gehen Sie zu den Nachbarn der Toten und hören sich um. Das Übliche. Ich selbst bin bei Herrn Geisa. Wenn ich fertig bin, rufe ich Sie an.«

Als Rose sich kurz umdrehte, sah er, wie Schmitt strammstand und soldatisch salutierte. Hasenstab grinste.

Auf dem Weg begegnete Rose zahlreichen Menschen, die zu Fuß, auf Fahrrädern oder in Autos zwischen dem Garten und dem Dorf pendelten. Niemand beachtete ihn.

VIER

Vor Geisas Haus parkte ein Einsatzwagen. Die Eingangstür stand offen. Im Vorgarten rauchten zwei Polizeibeamte Zigaretten. Sie nickten Rose zu. Der Rauch vor ihren Gesichtern schien unschlüssig, in welche Richtung er aufsteigen wollte.

Er betrat einen engen Flur, von dem drei niedrige Holztüren abgingen. Ein Kreuz war an die Wand genagelt, dahinter vertrockneten ein paar Palmzweige. Der Kalender der örtlichen Sparkasse vom Vorjahr hing neben dem Kruzifix. Rose kam in die Küche. Es roch nach kaltem Rauch und scharfem Putzmittel. Das Licht hatte Mühe, durch das kleine Fenster in den Raum zu dringen.

In der dunkelsten Ecke saß ein alter Mann mit rußigem Gesicht. Sein schütteres Haar schien gebrannt zu haben, rötlich braune Flecken bedeckten die Kopfhaut. Die Hände waren dick bandagiert und ruhten auf der geblümten Plastiktischdecke. Dazwischen stand eine Bierflasche.

»Herr Geisa?« Rose schob sich durch den düsteren Raum. »Ich bin von der Kriminalpolizei.«

Der Mann starrte vor sich hin. Rose wusste nicht, ob der Alte ihn gehört hatte. Ihm war es, als schlucke die Düsternis des Raumes und die greifbare Trauer in diesen Wänden die Worte.

»Die Vögel waren es.« Die Stimme des Mannes war wie der Raum, ohne Licht und Hoffnung.

»Die Vögel?« Rose bekam schlecht Luft, etwas beengte seine Atemwege, ohne dass er es benennen konnte. Er wollte sich umdrehen und den Raum verlassen, um ihn nie wieder betreten zu müssen.

»Ihre Aufregung. Sie schrien ganz aufgeregt. Als ich den Rauch sah, wusste ich, dass etwas passiert war. Ich konnte mich nicht mehr versöhnen.« Er blickte auf, und Rose sah die Verzweiflung in den Augen des Alten.

»Ich werde mich nie mehr versöhnen können mit ihr. Mit Anna. Meiner Frau. Zu spät.«

Rose suchte die Sonne vor dem Fenster. Im Raum dehnte sich der Schatten. Nur die Herdplatte des Holzofens glänzte. Es war ein alter Küchenofen, die Oberfläche auf Hochglanz poliert.

Hinter dem Mann hing ein gerahmtes Schwarz-Weiß-Bild. Ein Brautpaar vor einer kleinen Kirche. Daneben das neuere Porträt eines fröhlich lächelnden Mädchens.

»Haben Sie etwas Ungewöhnliches bemerkt?« Rose bereute seine Frage. Die Frau des Alten war gerade verbrannt, das war alles andere als gewöhnlich.

»Die Vögel.« Der Kopf des Mannes sackte herab. Sein Körper schien in sich zusammenzusinken, wie ein alter, vergessener Luftballon.

»Wenn Ihnen noch etwas einfällt«, Rose legte seine Karte auf den Tisch, »rufen Sie mich an. Jederzeit.« Er beeilte sich, aus dem Haus zu kommen.

Rose atmete tief durch, er wollte den Schatten loswerden, der sich ihm in der Küche auf die Lunge gelegt hatte. Er hätte dem Mann noch viele Fragen stellen müssen, immerhin war ein Fremdverschulden nicht auszuschließen, er hätte Antworten erhalten müssen, er hätte, ja, aber er konnte nicht; die Verzweiflung des Mannes hatte seine Prinzipien wie nasses Papier aufgeweicht.

Er würde den Alten später befragen. Morgen oder den Tag danach oder nach dem Ergebnis der Sektion. Solange würde er ihn seiner Verzweiflung überlassen müssen.

Rose dachte an den Tod seiner Großmutter. An den leeren, ängstlichen Blick der Mutter, an ihr Unvermögen, sich um die Habe der Verstorbenen zu kümmern. Er sah noch die verlassene Wohnung, die Brille auf dem Nachttisch, als hätte der Bewohner gerade ein Buch zur Seite gelegt, aber da war kein Buch mehr und auch niemand, der nach der Lesebrille verlangte.

Als Vierzehnjähriger war er mit sich und der hermetischen Welt seiner Pubertät beschäftigt, und doch hatte er die Verzweiflung seiner Mutter gespürt, ihre Angst vor einem Leben ohne die eigene Mutter, jetzt selbst am Ende einer Ereigniskette, die nur in eine Richtung führen konnte.

Rose spürte ihren Wunsch nach einer Hand, die ihr Stütze gab, um das Erforderliche zu unternehmen. Dinge wie die Wohnung auszuräumen, die Organisation der Beerdigung, Ämtergänge, Todesanzeigen, Korrespondenzen, Telefonate.

Doch da war niemand.

Roses Vater fühlte sich nicht zuständig. »Dafür gibt es Beerdigungsinstitute« war alles, was er an Worten als Rat, Hilfe und Trost aufbringen konnte. Er hatte auch in dieser Zeit seine Frau alleingelassen, dachte Rose, wie er sie die ganze Ehe hindurch alleingelassen hatte.

Die rauchenden Beamten standen noch immer im Garten. Wortlos blickten sie Rose an.

»Ist der Psychologe verständigt?«

Sie zuckten mit den Schultern. Ein rhythmisches, metallisches Klopfen echote durch die Gasse. Alle drei drehten die Köpfe zum Geräusch des Hufschlags. Ein schweres, dunkelbraunes Pferd trabte mit hoch aufgerichtetem Haupt vorüber. Es zog eine kleine, zweirädrige Kutsche aus rotem Metallgestänge. Tüten und Päckchen ragten aus dem Strohkorb hinter dem Kutschbock. Obenauf hielt ein älterer Mann die Zügel. Er blickte Rose an. Die Augen beschattete ein breitkrempiger Hut, auf dem eine lange, rötliche Fasanenfeder wedelte.

»Wo ist denn hier ein Gasthaus?« Rose wendete sich den Polizisten zu.

Sie zeigten beide in Richtung Ortsmitte.

Als Rose auf die Hauptstraße kam, sah er das Schild der Gaststätte über einer zweiseitigen Treppe. Ein röhrender Hirsch. Mit grüner Frakturschrift stand »Zum Hirschen« auf dem Blechschild. Der hohe Sockel des Hauses war aus Sandsteinquadern gemauert. Rose dachte an das Aschaffenburger Schloss, das am Morgen aus dem Nebel am Fluss ragte, der gleiche rote Stein.

Er öffnete die Tür zum Gastraum. Warme Luft, angefüllt mit Bierdunst und aufgeregten Stimmen, drang ihm entgegen. Obwohl Werktag, waren die meisten Tische besetzt.

Als Rose den Raum betrat, verstummten die Gespräche.

Rose blickte sich um. Langsam wendeten sich Gesichter ab, Münder begannen leise zu sprechen.

»Grüß Gott«, sagte er laut, »ich bin von der Mordkommission in Aschaffenburg. Falls jemand von den Herrschaften etwas beobachtet hat oder einen Hinweis auf das Ableben der Frau Anna Geisa geben möchte, dann kann er das gerne tun.«

Rose war sich sicher, dass jeder ihn verstanden hatte, auch wenn niemand hinzuhören schien. Er spürte die taxierenden Blicke, auch wenn keiner ihn anschaute, und er wusste, auf diese Weise würde er von niemandem etwas erfahren. Er fragte, ob er sich an den Stammtisch setzen dürfe. Man rückte unwillig zusammen.

Der Wirt kam heran und wischte die rotfleischigen Hände an einem Geschirrtuch ab. Rose bestellte ein Bier und verlangte die Speisekarte.

»Zu essen gibt es heute nichts. Dem Koch ist die Hand in den Kuttler gekommen.«

Kurz darauf brachte der Wirt das Bier und stellte es wortlos auf den Tisch. Rose prostete in die Runde. Zögernd hoben die Männer ihre Gläser. Sie tranken und schwiegen.

Es war Mittag, doch die Sonne schien nicht die Kraft zu haben, durch die bräunlichen Butzenscheiben in das Lokal zu dringen. Rose war es, als würde das Schweigen die Luft verdunkeln.

Allmählich schienen ihn die Männer im Lokal zu vergessen. Sie nahmen die Gespräche wieder auf, der Geräuschpegel stieg. An Roses Tisch wurde über Holzeinschlag und Meterpreise gesprochen.

Der Mann gegenüber am Tisch räusperte sich.

»Mordkommission?« Er meinte Rose, auch wenn er ihn nicht anblickte. »Ist die Anna denn ermordet worden?«

»Reine Routine. Bei unklarer Todesursache müssen wir nachforschen. Es kann auch ein Unfall gewesen sein.«

»Schlechter geht's ihm jetzt nicht«, sagte ein rotgesichtiger Mann, »zumindest finanziell.«

Sein Nachbar stieß ihm den Ellenbogen in die Seite. »Halt dein Maul.« Die Gespräche an den Tischen verstummten.

Nach und nach standen die Männer auf, zahlten und gingen.

Rose stand auf der Treppe vor dem »Hirschen«. Er versuchte, die Kollegen anzurufen. Kein Empfang. »Willkommen in der Zivilisation«, murmelte er und ging zurück Richtung Kapellenweg.

Ein Wagen mit dem Aufdruck der Regionalzeitung überholte ihn. Eigentlich, dachte er, ist es ja schön, in einem Funkloch zu leben. Unerreichbar, abgewandt von der hastigen Welt.

Sein Blick fiel in einen Hof, dessen Tore, im Gegensatz zu den meisten anderen im Ort, weit offen standen. Überall lag Schrott, Gerümpel. Dazwischen standen Gebilde aus Eisen und gebrauchten Geräten. Rose musste sofort an die Skulpturen von Jean Tinguely denken, der aus Müll technische Kunst, ratternde, piepsende, maschinenähnliche Figuren fabrizierte. Er lächelte.

Ohne den Einfluss von Ines und ihrer Liebe zur bildenden Kunst hätte er sich nie für solche Dinge interessiert. Sie hatte es geschafft, ohne schulmeisterlich zu wirken, ohne dass sie ihm seine Unkenntnis vorhielt, ihn sachte zur Kunst hinzuführen, wie man ein wasserscheues Kind an die Hand nimmt und es langsam in einen See leitet. So konnte er sich hinwenden, ohne den Spott zu fürchten, der ihm früher seitens seines Vaters entgegengeschlagen war, wenn er sich unwissend zeigte.

Ines hatte doch einiges in ihm hinterlassen, musste er sich eingestehen, was sein Leben weiter machte.

Rose blickte in den Hof mit seinen metallenen Gebilden. Neben der Einfahrt hing ein Schild, angefertigt aus einer rostigen Metallplatte: »Tobias Finten – Erfindungen und Reparaturen aller Art«.

Als er in den Kapellenweg kam, sah er die Kollegen Schmitt und Hasenstab ein Haus verlassen. Eine alte Frau stand unter der Tür, sie hatte die Hände auf Brusthöhe gefaltet. Plötzlich warf sie die rechte Hand in die Luft und winkte.

Die Geste zum Abschied, so leicht wie ein Schmetterling, kam es Rose in den Sinn.

Auf der Rückfahrt befragte Rose die Kollegen.

Hasenstab kratzte sich am Kinn. »Das war Frau Sonntag. Nette alte Dame. Und vor allem gut informiert. Schaut immer aus dem Fenster und kriegt alles mit.«

»Und einen Kaffee macht sie, stark und bitter, wie er sein muss!« Schmitt klopfte auf das Lenkrad. »Stark und bitter, nicht wahr, H_2O?«

Rose atmete hörbar aus. »Und Kuchen gab es sicher auch?«

»Gewürzkuchen«, sagte Rudi Schmitt, »selbst gebacken, natürlich.«

Hasenstab boxte ihm an den Arm. »Also, Frau Sonntag sagte aus, dass ihre Nachbarn, die Geisas, häufig innereheliche Konflikte lautstark auslebten. Sie vor allem, also die Tote, sei sehr laut gewesen, als sie noch lebte. Der Mann stand unter ihrem Pantoffel. Außerdem wusste sie zu berichten, dass die Eheleute eine Lebensversicherung abgeschlossen hatten. Zu gegenseitigem Nutzen.« Hasenstab klappte einen Notizblock auf. »Sie hat Herrn Geisa heute gegen halb zehn Uhr am Vormittag das Haus Richtung Garten verlassen sehen. Er hätte da schon eine Weile auf der Bank am Haus gesessen. Der Rauch stand laut der Zeugin bereits am Himmel. Sie selbst hätte die Feuerwehr gerufen, als ihr klar wurde, dass das kein Gartenfeuer sein könne, sondern etwas Größeres sein müsse. Er kann ja seine Frau umgebracht haben und ist dann wieder nach Hause zurück. Das Feuer hat er natürlich zuvor angezündet und dann gewartet, bis es richtig Rauch fabriziert.«

»Wie kommen Sie darauf, dass Frau Geisa ermordet worden ist?«, fragte Rose.

Hasenstab kratzte sich am Kinn. »Deutet doch alles darauf hin: Ein Schuppen brennt ja nicht von selbst, dann ständiger Streit der Eheleute und eine fette Lebensversicherung in der Truhe.«

»Selbst wenn es kein Unfall war«, sagte Rose, »ich glaube nicht, dass Herr Geisa seine Frau umgebracht hat.«

»Hat er Ihnen das erzählt?«

Der Fahrer lachte leise.

»Belassen wir es dabei. Was haben die anderen Nachbarn gesagt?«

»Welche anderen?« Rudi Schmitt hatte sich wieder eingeschaltet. »Welche anderen Nachbarn?«

»Waren Sie etwa nur bei Frau Sonntag?«

»Die hörte gar nicht mehr auf zu erzählen. Zwei Alben mussten wir anschauen. Und zu jedem Foto hatte die eine Geschichte. Zu jedem Foto.« Er schlug rhythmisch auf das Lenkrad.

»Sicher lauter sachdienliche Hinweise«, sagte Rose.

»Hör mit dem Getrommel auf.« Hasenstab fuhr sich mit der Hand über die Bartstoppeln.

Der Wagen rauschte über den feuchten Teer, die Ränder der Straße waren von Laub gefasst. Rose blickte in den vorbeigleitenden Wald. Einen Moment glaubte er, eine Gestalt zwischen den Stämmen zu sehen.

FÜNF

Er kannte jeden Pfad, wusste, wo die Rehe zogen und die Füchse schnürten. Er bediente sich ihrer Wege und Wechsel, geräuschlos und schnell. Seine Gangart wechselte zwischen leichtem Trab und Gehen, immer wieder blieb er stehen, bewegungslos, lauschte, spähte und federte weiter. Er war durstig. Hinter einer Ansammlung von roten Felsen wusste er eine Quelle. Der Boden war aufgewühlt und matschig. Überall Spuren, Trittsiegel von Paarhufern verschiedener Größe: Hier suhlten die Wildschweine.

Er legte sich flach auf den Boden und trank. Das klare Wasser war kalt an den Zähnen. Sein Gaumen fühlte sich wund an, und der Geschmack des Rauches steckte noch wie Nadeln in der Schleimhaut. Jetzt atmete er tief durch, die Kehle war frei und glatt.

Mit einem Ruck wendete er den Kopf. Er lauschte bewegungslos, auf die Hände gestützt. Zwei Tauben landeten im Geäst über der Quelle. Aufgeregtes Flügelschlagen, dann Ruhe. Langsam stand er auf und schob sich auf einen der Felsen. Ein Waldweg führte in der Nähe vorbei, am hinteren Ende tauchte eine Joggerin auf.

Mit einem Satz war er auf den Beinen. Schnell und geschmeidig bewegte er sich parallel zu dem Weg, bis er die Stelle erreichte, an der vor Jahren ein Sturm etliche Bäume umgeknickt hatte. Die Stämme waren lange zersägt und verkauft, das Unterholz wucherte. Buchenschößlinge reichten bis zum Weg, dazwischen lagen die Baumteller der entwurzelten Bäume.

Er schob sich durch das buschartige Unterholz, streifte den Rucksack ab und wartete kauernd auf das Herannahen der Joggerin. Er sah sie gut einhundert Meter vor sich.

Sie war jung, jung und schlank. Der graue Sportanzug war zwischen den Brüsten dunkel vom Schweiß verfärbt. Ihr blonder Zopf wedelte hin und her. Ihr rhythmischer Atem war bereits zu hören, ein und aus, ein und aus, der dicke Zopf wehte, hin und her, sie starrte kurz vor sich auf den Boden, hörte auf ihren Atem, achtete auf den Untergrund, sie war zehn Meter vor ihm, er hatte sie schon des Öfteren gesehen, ihren Schweiß gerochen, ihren Atem gehört. Die Atmung, ein und aus, hin und her, der Zopf. Sie erreichte ihn, war nun auf seiner Höhe, er sah ihren blonden, dicken Zopf, den rosa Gummi um ihr Haar, den Schweiß auf ihrer Stirn, die Augen, die Lippen, den Hals, und ihre Brüste sah er unter dem Stoff des Sweatshirts, auf und ab, auf und ab. Er sah ihren Rücken, ihren Po, ihre Beine, hörte ihr Keuchen, deutlich und doch bereits abnehmend. Sah sie langsam aus dem Bereich des Jungwuchses heraustrotten, ihr blonder Zopf wedelte hin und her, ihr Schritt klatschte auf den Weg. Sie hatte ihn nicht bemerkt.

Hinter ihr überquerte er den Weg und schlug sich weiter durch das Unterholz hangaufwärts, über den Hügel und weiter.

SECHS

Rose hörte, wie seine Tochter das Telefon hinlegte und in den Raum rief: »Der Papa will dich noch mal sprechen.« Nach einer Weile kam sie wieder an den Apparat. »Mama sagt, wir sehen uns ja am Wochenende. Kommst du auch wirklich?«

»Natürlich, mein Herz. Grüße Ines von mir.«

Sie vermeidet es, mit mir zu sprechen, dachte Rose, als wäre ich ihr lästig. Nach zehn Jahren Ehe bin ich nur noch der unvermeidliche Vater ihrer Tochter. Er hatte gerade aufgelegt, als das Telefon seines Kollegen klingelte.

»Kommissariat 1. Böhm am Apparat, ja?«

Helmut Böhm klemmte sich den Telefonhörer zwischen Schulter und Wange und tippte in den Computer. Er runzelte die Stirn bis hinauf zu seiner Halbglatze. Dann lächelte er.

Rose betrachtete Böhms zusammengekniffene Augen. Stachelbeerfarben, dachte er, und es schien ihm, als trüge Böhm alle Erkenntnisse und Befunde der aktuellen Fälle mit einer verbissenen Freude zusammen. Böhm sammelte die Fakten, wertete aus, stellte Vermutungen an, wies auf Verdachtsmomente hin, äußerte seine Gedanken, kurz, er fühlte sich äußerst wichtig, und, das musste Rose ihm zugestehen, bisweilen war er einfach auch unverzichtbar.

»Das war der Gerichtsmediziner. Befund kommt per Fax. Die Frau gestern, Frau Geisa, sie ist nach ersten Erkenntnissen erstochen worden. Ein Jagdmesser mit einer breiten, gebogenen Klinge. So ein Bowiemesser, meinte der Pathologe. Jim hieß der doch?«

»Der Pathologe?« Rose wusste nicht, wen Böhm meinte.

»Jim Bowie. Der mit dem Messer. Wurde in Fort Alamo getötet. Da haben tausendfünfhundert Mexikaner gegen ein paar Texaner gekämpft.«

»Frau Geisa ist erstochen worden?«

»Exakt. War also kein Unfall. Der Brand wurde wohl zur Vertuschung gelegt.«

Rose blickte ihn irritiert an. »Zur Vertuschung?«

»Um Fingerabdrücke und andere Spuren zu beseitigen, meine ich. Dass man einen Mord nicht vertuschen kann, weiß ich selbst, auch wenn ich nur der Innendienstler hier bin«, sagte Böhm trotzig und verschwand hinter seinem Bildschirm.

»Ich wollte eine Woche zu meiner Tochter nach Berlin fahren.«

»Das ist ein ungünstiger Zeitpunkt«, sagte Böhm, er blickte Rose an, als hätte er saure Milch gekostet, »und vergessen Sie nicht, dass der Chef Sie in der Sache sprechen will. Dringend, meinte er, und das vor einer Stunde!«

Kriminalrat Mehling, der Dienststellenleiter, blickte auf die Uhr und schüttelte den Kopf, als Rose eintrat.

»Haben Sie das schon gelesen?« Er wedelte mit einer Zeitung. »Brutaler Mord an Rentnerin! Woher wissen die, dass es Mord war, bevor wir es wissen?«

Rose hob kurz die Schultern. Im Grunde wunderte er sich nicht. Im Polizeiapparat gab es immer eine undichte Stelle, jeder hatte Freunde, Verwandtschaft, Spezis, sowohl hier als auch bei der Presse. Rose nahm die Zeitung, die ihm Mehling hinhielt, und las:

»Gestern wurde in Jakobsthal die Rentnerin Anna G. (72) brutal ermordet. Sie war wie jeden Morgen mit dem Rad zu ihrem Garten gefahren, der außerhalb des Ortes liegt. Dort wartete der Mörder bereits auf sie. Nach der Bluttat zündete der Täter, laut Aussagen der Polizei, den Schuppen mit der darin befindlichen Leiche an und flüchtete in den Wald. Der Ehemann, Alois G. (74), wunderte sich über die starke Rauchentwicklung und entdeckte den brennenden Schuppen. Er versuchte vergeblich, zu seiner Frau durchzudringen. Erst die Feuerwehr konnte ihn von seinem aussichtslosen Tun abhalten. Mit schweren Verbrennungen wurde er in ärztliche Behandlung verbracht. Die Polizei hat bisher noch keine Anhaltspunkte, was das Motiv oder den Täter betrifft.«

»Die Sache hat höchste Priorität!« Mehling schnaubte die Worte wie heißen Dampf aus. »Zeigen Sie, was in Ihnen steckt. Ich erwarte effektive Polizeiarbeit!«

Rose legte die Zeitung auf die Tischplatte und lächelte. Für Mehling waren alle Morde eine persönliche Beleidigung, deren Aufklärung einer Wiederherstellung der gekränkten Polizeiehre diente.

Kriminalrat Mehling faltete die Zeitung und legte sie in einen Ordner, dann rückte er einen Stift auf dem Schreibtisch zurecht.

»Finden Sie es amüsant, wenn jemand ermordet wird? Ich glaube, Herr Kollege, Ihnen fehlt manchmal der nötige Ernst für unseren verantwortungsbewussten Beruf.«

Rose hätte am liebsten den Raum verlassen.

»Haben Sie die Fahndung eingeleitet? Die Umgebung muss durchkämmt werden, Verkehrskontrollen, Hundestaffeln, das Übliche.«

»Ich habe im Moment erst erfahren, dass die Frau ermordet wurde«, sagte Rose.

»Dann lesen Sie mehr Zeitung.«

»Ist es nicht unwahrscheinlich, dass der Täter noch in der Nähe auf uns wartet? Ich glaube, das können wir uns sparen.«

»Können Sie die absurden Gedanken eines Mörders nachvollziehen? Und selbst wenn das Zeitfenster geschlossen ist«, Mehling holte tief Luft, »ist es unsere vornehme Pflicht, für den verängstigten Bürger ein Zeichen zu setzen!«

»Ganz wie Sie meinen.« Rose öffnete die Tür. »Bevor ich losfahre, gebe ich dem Kollegen Böhm Bescheid, dass er die nötigen Maßnahmen ergreift.«

Rose ging zurück in sein Büro und bat in der Zentrale um einen Fahrer, dann unterrichtete er Böhm vom erwünschten Vorgehen, wobei er bemerkte, dass er die Aktion als unsinnig erachtete.

Böhm enthielt sich eines Kommentars. Rose kam es vor, als wären von oben angeordnete Maßnahmen für Böhm unbezweifelbar. Im Aufbruch fragte er, ob ein Psychologe mit Alois Geisa gesprochen hatte.

»Herr Geisa hat sich geweigert, soviel ich weiß«, sagte Böhm. »Selbst den Geistlichen wollte er nicht sehen. Zwingen kann man ihn nicht.«

Rose verließ das Gebäude, dabei grüßte er den Pförtner. Der klimperte mit den Fingern, als schlüge er einen Akkord an. Draußen saßen Schmitt und Hasenstab in ihrem Dienstfahrzeug und warteten auf ihn. Der Himmel war grau und kalt.

Als sie durch den Wald fuhren, kamen Rose die Herbstfarben blass und hinfällig vor. Leichter Dunst stand zwischen den feuchten Stämmen, die Bäume am Straßenrand reckten ihre schwarzen Äste empor wie Ertrinkende.

Er musste die geplante Woche in Berlin schon wieder verschieben. Was sollte er Lisa sagen? Sie würde sicher enttäuscht sein. Rose nahm sich vor, zumindest das Wochenende hinzufahren. Er würde sie später anrufen.

»Haben Sie die Zeitung gelesen?« Hasenstab wendete sich zu Rose um.

»Leider steht der Name des Mörders nicht drin«, sagte Rose.

Hasenstab lachte. »Morgen vielleicht.«

SIEBEN

In einer engen Reihe durchsuchten Bereitschaftspolizisten die nähere Umgebung des Gartens. Ein kleines Areal am Hang über dem Grundstück war mit Flatterband abgesperrt, zwei Männer von der Spurensicherung knieten am Boden.

Rose kletterte, von Hasenstab und Schmitt gefolgt, den Hang hinauf.

Bolander erhob sich, als er sie kommen sah, und hielt ein durchsichtiges Plastiktütchen empor.

»Eierschalen! Mit angetrocknetem Eiklar. Geht gleich in das Labor. Es sieht so aus, als wenn da einer gesessen wäre und sich die Eier roh einverleibt hätte. Wie sollten sonst Schalen hierherkommen, frage ich mich. Spuren sind auch da. Von Stiefeln oder Wanderschuhen, also grobes Profil. Zu wenig für einen guten Abguss. Die Mordwaffe lag allerdings nicht herum.« Er lachte. »Mit der Sondierung der Umgebung hatten Sie den richtigen Riecher.«

Rose winkte ab. »Morgen wimmelt es hier von Uniformen. Mehling will die große Nummer aufführen.«

»Der Rambo wird kaum auf uns warten«, sagte Bolander. Seine Bartenden vibrierten. »Nur gut, dass wir heute mit kleiner Mannschaft gesucht haben. Anschließend fahre ich noch zu Alois Geisa, Fingerabdrücke nehmen.«

»Da werden Sie kein Glück haben«, sagte Rose. »Seine Hände sind verbrannt.«

»Unschön. Dann von den Gegenständen im Haus.« Er legte die Klarsichttüte in seinen Koffer. »Vielleicht bringe ich auch die Eierschalen zum Reden.«

Rose setzte sich auf einen Baumstumpf und blickte zu dem Garten hinunter. Hier hatte möglicherweise der Mörder gesessen und rohe Eier gegessen. Eier aus dem Stall der toten Geisa. Komische Vorstellung, dachte Rose. Da bringt einer eine alte Frau um, setzt sich hierhin und betrachtet den Brand, wobei er rohe Eier isst.

Vielleicht war er vom Opfer beim Eierklauen erwischt worden, aber dafür einen Menschen töten? Rose sah sich um, unter ihm der Garten, hinter ihm der Wald. Er fragte sich, wohin der Mörder gegangen sein könnte, als Hufgetrappel ihn aufschreckte. Unten fuhr die kleine Kutsche vorbei. Der Mann mit der Feder am Hut blickte starr geradeaus, ohne sich um die Vorgänge zu kümmern. Ein aufmunternder Ruf drang zu Rose, das Pferd wurde schneller und trabte den Weg am Gegenhang hinauf.

Rose drehte sich zu Schmitt und Hasenstab um, die ihm gefolgt waren.

»Bringen Sie in Erfahrung, wer der Mann mit der Kutsche ist.«

Hasenstab rieb über sein Kinn. »Das ist der alte Barnabas. Der ist bekannt in der Gegend. Ein Sonderling. Hat angeblich weder Fernsehen noch Telefon. Wie kann man denn ohne Fernseher und Telefon leben?« Er tippte sich an die Stirn. »Jedenfalls fährt er immer mit dem Sulky herum. Und dem Kaltblut. Soll ein ganz schlaues Tier sein.«

»Barnabas? Hieß die Kapelle nicht auch so?«

»Der wohnt in der Kapelle. Deshalb heißt die so. Die wurde entweiht und verkauft von der Diözese.«

»Der Name ist mir schon einmal untergekommen, nur wo?«

»In der Bibel vielleicht?« Hasenstab lächelte.

»Vielleicht«, sagte Rose. »Dann gehe ich mal pilgern.«

Er stieg den Hang zum Garten hinab, kam zum Weg und folgte dessen ansteigendem Verlauf in der Richtung, in der die Kutsche verschwunden war.

***

»Brr, Anton.« Die Kutsche kam vor der Kapelle zum Stehen. Karl Barnabas kletterte vom Bock und entlud den Korb. Brot, Zeitung, ein Buch und die Kiste mit den Zigarren legte er auf den Tisch, der außen neben der Kapellentür stand. Dann ging er über den kleinen gekiesten Platz zu dem niedrigen Stallgebäude. Anton, das bretonische Kaltblut, trottete hinterher. Barnabas begann die Riemen zu lösen, stellte den Sulky auf die Deichsel und wuchtete das Geschirr auf den Bock im Stall. Dabei sprach er unablässig mit dem Pferd.

»Komm, Anton, ich nehme dir die Trense ab, dann gibt es Hafer. Wenn du spazieren gehst, nicht so weit, es wird früh dunkel jetzt.« Er rieb das verschwitzte Pferd mit einer groben Decke ab und reinigte die Hufe. »Jetzt das Halfter. Wart einen Moment.«

Seine Hand griff an den Nagel, der für das Halfter vorgesehen war, und verharrte in der Bewegung. Es war nicht an seinem Platz. Er blickte sich im Schuppen um, hob das Kutschgeschirr hoch, öffnete den alten Holzspind, schaute in die Futterkiste. Das Halfter blieb verschwunden.

Er trat an das Pferd heran und flüsterte, dabei sah er sich langsam um.

»Anton, die dunklen Gestalten waren wieder da. Das Halfter fehlt. Ich weiß genau, dass es am Nagel hing. Pass auf. Besser, du gehst heute nicht spazieren, komm, geh in den Stall.«

Er griff in die Mähne, und Anton folgte ihm hinterher. Barnabas schüttete eine Schaufel Hafer in den Trog, überprüfte den Wasserspender und schloss den unteren Teil der Stalltür von außen. Dann überquerte er den Hofplatz, um mit einem großen Schlüssel die Kapellentür zu öffnen. Schnell schloss er den hohen Türflügel hinter sich. Aus dem Gewehrschrank nahm er die Querflinte und stopfte zwei Schrotpatronen in den Lauf, damit trat er ins Freie. Er lief um die Kapelle herum und verschwand in dem Dickicht dahinter.

***

Rose sah die Kapelle auf dem Hügel stehen. Die Kapelle und die zwei kleineren Nebengebäude waren weithin sichtbar. Um das Ensemble lag ein freier Platz. Die Gebäude schienen in gutem Zustand, die Biberschwanzziegel frisch verlegt. Die spitz zulaufenden Fenster der Kapelle waren bis zum Boden verlängert und die bunten Glasmalereien durch klares Fensterglas ersetzt worden. An der Rückseite klebte ein dicker Kamin, der im gleichen hellen Ocker wie die übrige Fassade verputzt war.

Beim Näherkommen sah er den Sulky vor dem Schuppen stehen, der Kopf des Pferdes ragte über die Stalltür hinaus. Das Pferd trat gegen das Holz der Tür, schnaubte und schüttelte heftig das Haupt. Rose blieb stehen, etwas war neben ihm in den Büschen am Wegrand.

Als er den Kopf wendete, blickte er in die Mündung einer doppelläufigen Flinte, die auf ihn gerichtet war.

Rose sprach leise, langsam und betont. »Ich bin von der Kriminalpolizei. Nehmen Sie sofort dieses Ding herunter.«

Der Lauf senkte sich, und aus den Büschen trat der Mann mit dem breitkrempigen Hut, die Feder wippte. Er kratzte sich an der Stirn über den buschigen, nach allen Seiten wild wachsenden Augenbrauen.

»Sie sind keine von den dunklen Gestalten. Ich habe Sie gesehen, unten im Dorf.«

»Ich bin Polizeibeamter. Richard Rose, Mordkommission. Hier, mein Ausweis.« Langsam griff er in die Tasche und zeigte dem Mann seinen Dienstausweis.

»Sie sind keiner von denen, die hier herumschleichen.«

Er lachte kurz und heiser. Das Lachen erinnerte Rose an den Ruf eines Greifvogels.

»Nichts für ungut. Ich bin Karl Barnabas. Mir gehört das Anwesen. Kommen Sie zum Haus.«

Ohne sich nach Rose umzudrehen, ging Barnabas los. Roses Herz hämmerte noch immer gegen die Brust. Er setzte sich ebenfalls in Bewegung.

»Auch wenn es Ihr Anwesen ist, können Sie nicht mit einem Gewehr fremde Leute bedrohen. Haben Sie eine Waffenbesitzkarte für die Flinte?«

»Ich habe die Gemeindejagd gepachtet, Herr Inspektor.«

»Kommissar, eigentlich Hauptkommissar«, sagte Rose.

»Wenn Sie erlauben, benutze ich den antiquierten Ausdruck Inspektor. *Inspectare*: aus dem Lateinischen, der Mutter vieler Sprachen, hineinschauen. Das ist doch Ihr Beruf? In fremde

Sachen hineinschauen?« Rose roch das Wort »schnüffeln« in Barnabas' Ausführung.

»Möchten Sie einen Tee?«

Barnabas deutete auf den Tisch und bot Rose an, auf der Bank dahinter Platz zu nehmen. Dann zog er einen großen, altmodischen Schlüssel aus der Jacke, öffnete die Kapellentür und verschwand im Innern. Rose setzte sich.

Auf dem Tisch lag eine kleine Zigarrenkiste mit der Aufschrift »Krumme Hunde«, daneben ein dunkles Brot und die Tageszeitung. Die gleiche Ausgabe, mit der Mehling im Büro herumgewedelt hatte. Darunter lugte die Ecke eines Buches hervor. Rose schob die Zeitung etwas zur Seite, um den Titel zu lesen: »Don Quijote von der Mancha – Ritter der traurigen Gestalt«. Darunter der Name des Autors, Miguel de Cervantes.

Rose wunderte sich, dass ein erwachsener Mann »Don Quijote« las, ein Buch, das man für gewöhnlich als Kind las. Dann fiel ihm ein, dass der Roman ursprünglich als Satire auf die Ritterromane der damaligen Zeit geschrieben wurde und nicht als Kinderbuch.

Barnabas kam mit einem Tablett zurück. Teekanne, Honig, Tassen, ein Korb mit Brotscheiben. Das Pferd schlug gegen die Tür des Stalles.

»Gemach, Anton«, rief Barnabas und stellte das Tablett ab. »Schenken Sie ein, Herr Inspektor«, sagte er zu Rose und ging zur Kapellentür, verschloss diese und steckte den Schlüssel ein. Er überquerte den Platz und ließ das Pferd aus dem Stall.

Das Kaltblut trabte los, direkt auf den Tisch zu. Rose klammerte sich an die Bank, als der schwere Körper kurz vor ihm abbremste und zum Stehen kam. Die Nüstern näherten sich Roses Gesicht. Rose beugte seinen Kopf nach hinten, die Nüstern folgten ihm.

»Lass das, Anton!«

Barnabas setzte sich an das andere Ende der Bank. Er griff eine Scheibe Brot aus dem Korb und reichte sie dem Pferd. Die trockene Brotscheibe krachte zwischen den Zähnen des Tieres. Barnabas öffnete die kleine Holzkiste und steckte sich eine seltsam verdrehte Zigarre in den Mund. Er tastete seine Taschen ab, zog eine Schachtel hervor, schüttelte sie und entzündete dann die Zigarre mit einem Streichholz. Der Rauch roch nach altem Heu.

Rose deutete auf das Buch. »Sie lesen ›Don Quijote‹? Das habe ich sehr gemocht als Kind.«

»Diese verstümmelten Kinderausgaben gehören verboten. Der ›Don Quijote‹ ist absolut nichts für unsre verzogenen Bamsen.« Barnabas stieß eine schwere Wolke Rauch aus. »Er steht sozusagen für den Beginn des Romans an sich.«

»Von Literatur verstehe ich nicht viel. Ich lese gerne, aber ohne germanistischen Impetus«, sagte Rose und wunderte sich, woher ihm das passende Wort in den Sinn gekommen war.

»Der Ritter der traurigen Gestalt will in seinem trotzigen Kampf gegen die Windmühlen die Realität nicht anerkennen. Eine Realität, die schon zu Cervantes' Zeiten unerträglich war. Er entzieht sich der Wirklichkeit und flieht in eine hehre, bessere Welt voller Ideale, die tugendhafte Welt der Ritter. Cervantes schrieb dieses Werk in einer Zeit der Umbrüche. Der Mensch war nicht mehr geborgen in einer göttlichen Ordnung, das Ständesystem löste sich auf, und das Bürgertum erstarkte. Die Individualität trat in den Vordergrund und damit einerseits eine größere Freiheit, andererseits eine tiefgreifende Unsicherheit. Der Mensch an der Grenze der Neuzeit war auf sich selbst zurückgeworfen, alleingelassen von Gott.«

»Das klingt ziemlich nihilistisch.«

»Nihilismus ist ein anderes Thema«, sagte Barnabas. »Im Grunde sprechen wir von Kant'scher Erkenntniskritik. Um auf Cervantes und seinen ›Don Quijote‹ zurückzukommen: Er schrieb ihn in einer Zeit des gesellschaftlichen Wandels, auf der Suche nach einem neuen Sinn. Und ist heute unsere Gesellschaft nicht wieder in einem Umbruch? Die großen Krisen im Zuge der Globalisierung. Und was ist die gepriesene Globalisierung anderes als eine Entgrenzung, ein Verlust der Werte, der Traditionen, der regionalen Eigenständigkeit?«

»Die Globalisierung birgt aber auch neue Möglichkeiten.«

Barnabas lachte. »Wie sollen aus dem Verlust der existenziellen Geborgenheit neue Möglichkeiten erwachsen? Hören Sie auf! Die Erde war schon seit Anbeginn kein Himmelreich, und jetzt bröckeln die gefügten Wände und drohen dieses Jammertal endgültig zu begraben.«

Er lehnte sich zurück und verschränkte die Hände hinter seinem Kopf.

Rose betrachtete den Sulky vor dem Schuppen. Das Pferd, die Kapelle, die Umgebung. Kein Telefon, kein Fernsehen, kein Auto. Es ist wie in einem Film aus alten Zeiten oder wie bei einem Besuch in einem Heimatmuseum, nur dass hier ein echter Mensch wohnt, dachte Rose. Und dieser Barnabas ist auch ein galliges Relikt aus anderen Tagen. Er kam Rose selbst vor wie ein Ritter der traurigen Gestalt, wie ein finsterer Don Quijote, der sich weigerte, die Wirklichkeit zu akzeptieren.

Aber wie war es denn bei ihm selbst? War er denn ehrlich gegenüber sich selbst, akzeptierte er die Realität? Wartete er nicht noch immer auf das Wunder von Ines' Rückkehr? Wann würde er sich eingestehen, dass alles floss und er nicht das halten konnte, was bereits dem Strom des Lebens überantwortet worden war? Und seine angebliche Berufung, der Kampf gegen das Böse, die Aufklärung abscheulicher Verbrechen? War er auch am Ende ein trauriger Don Quijote, der für ein Ideal kämpfte, das nur noch eine Idee war und lange schon weggespült von hartherzigem Eigensinn und ungezügelter Gier?

Anton schnaubte und scharrte mit dem Huf über den Kies.

»Kannten Sie Frau Geisa?« Rose griff zur Tasse und trank einen Schluck. Der Tee hatte einen undefinierbaren, herben Geschmack.

»Als ich herkam vor neun Jahren, da habe ich die Eier bei ihr gekauft. Mittlerweile habe ich selbst Hühner.« Barnabas blies eine dichte Wolke Heuduft aus. »Italiener.«

Rose blickte ihn an. Jetzt erst sah er die Narbe am Hals, die sich nach unten im Hemdkragen verlor.

»Die Hühner. Italiener. Eine alte Rasse.« Er deutete mit der krummen Zigarre in Richtung Stall. Zwischen dem Gebäude und dem Waldrand sah Rose ein paar Hühner herumpicken. Ein prächtiger Hahn, dessen Schwanzgefieder zwischen Grün und Blau changierte, stand inmitten seiner Hennen. Der Kamm und die Kehllappen leuchteten blutrot. Ein Hahn wie aus dem Bilderbuch, dachte Rose.

»Sie wollen sicher wissen, ob mir etwas aufgefallen ist«, sagte Barnabas und kniff die Augen zusammen. »In letzter Zeit schleichen hier dunkle Gestalten herum. Nachts. Sie stehlen Sachen. Die Teekanne oder ein Halfter. Plötzlich ist das eine oder andere wieder da.«

»Haben Sie diese Gestalten gesehen?«

Barnabas lächelte verschwörerisch. »Dazu sind sie zu vorsichtig. Aber ich kriege sie noch.«

»Was wollen die von Ihnen?«

»Die wollen mir schaden. Aus Missgunst, Neid, was weiß ich. Ich kenne sie ja nicht.«

»Könnten diese Gestalten sich auch in Frau Geisas Garten herumgeschlichen haben?«

»Das haben Sie gesagt.«

»Und glauben Sie, dass diese Gestalten Frau Geisa ermordet haben könnten?«

Das Lächeln verschwand. »Ich glaube gar nichts. Aber bevor Sie fragen: Als das Haus brannte, war ich in Heigenbrücken einkaufen, es gibt sicher einige, die mich gesehen haben. Das Feld hat Augen und der Wald Ohren, wie man so sagt.«

»Augen und Ohren, das ja. Aber redselig kamen mir die Leute hier nicht vor.«

»Seien Sie nicht ungehalten«, sagte Barnabas und lächelte wieder, »die Leute im Spessart sind nicht sonderlich gesprächig gegenüber Fremden. Jahrhundertelang war alles Fremde eine potenzielle Gefahr. Die Dörfer lagen abgeschieden, und wenn mal jemand auftauchte, war es ein desertierter Soldat oder gleich eine Horde marodierender Söldner. In den Franzosenkriegen wurden ganze Ortschaften ausgeplündert. Die Leute waren auf sich gestellt. Die Kurfürsten aus Mainz waren auch nicht besser als die Plünderer, nur mit offiziellem Siegel.

Da konnte eine offene Geste oder eine Unbedachtheit Verderben bedeuten. Das hat sich bis heute gehalten.«

Er schenkte Tee nach. »Grüntee aus dem Himalaja. Ein kleines, extrem steiles Anbaugebiet, vollkommen naturreine Blätter, nur Yakdung. Schmeckt er Ihnen?«

Barnabas nahm einen Schluck.

»Wissen Sie, Herr Inspektor, ich habe mit den Leuten aus dem Dorf wenig zu tun. Sie interessieren mich nicht. Eines Tages kam ich durch Zufall hier vorbei und sah die Kapelle. Aber was heißt schon Zufall? Nun denn, irgendetwas berührte mich an dem Ort. Als ich hörte, dass sie zu verkaufen ist, griff ich zu. Ich habe alles umgebaut. Den Stall und das Wirtschaftsgebäude durfte ich errichten, da noch Ruinen von Pilgerhäusern vorhanden waren. Jetzt habe ich meinen Platz und meinen Frieden gefunden.«

Rose blickte sich um. »War sicher nicht billig?«

»Sicher nicht. Ich habe die Anteile aus meinem Geschäft verkauft. Barnabas und Partner, Immobilien. Kennen Sie bestimmt.«

»Leider nein.«

»Unwichtig. Tand. Es reichte auf jeden Fall für den Umbau und für mein Ruhegeld.« Das Pferd legte seinen Kopf auf die Schulter des Mannes. Barnabas tätschelte den Hals des Tieres und reichte ihm eine Brotscheibe.

Das Pferd prustete, warf den Kopf auf und trottete davon.

»Wir bekommen Besuch, sagt Anton.« Barnabas deutete auf das Kaltblut.

Rose sah sich um, dann erst hörte er das Motorengeräusch eines Autos.

Der weiße Kombi parkte hinter dem Stall, sodass er von der Bank aus nicht zu sehen war. Ein Mann kam auf sie zu. Er war etwa vierzig, schätzte Rose, in seinem Alter. Und er sah Karl Barnabas ähnlich. Zu einer grauen Hose trug er Pullover und eine kurze Jacke in der gleichen Farbe. Er hatte hängende Schultern und machte auf Rose einen weichen, linkischen Eindruck. Neben dem Mann schnaubte das Pferd. Der Mann tätschelte dessen Hals und redete leise auf das Tier ein.

Am Tisch angekommen, reichte er Rose die Hand.

»Barnabas. Dieter Barnabas.«

»Mein Filius«, sagte der Alte zu Rose. Er reichte seinem Sohn die Teekanne und den Schlüssel zur Kapelle. »Früher warst du nicht so unpünktlich.«

»Ich wurde aufgehalten. Man kann dich ja nicht anrufen.«

»Ein Telefon würde mir gerade noch fehlen! Dann könnte ich gleich wieder in die Stadt ziehen.«

Der Sohn ging mit der Teekanne in das Gebäude. Das Pferd stand vor der hohen Holztür.

»Solange Dieter hier ist, läuft ihm Anton hinterher. Er hat einen Narren an ihm gefressen.«

»Lebt Ihr Sohn auch hier?«

»In Aschaffenburg. Er ist Schuster. Wohnung und Werkstatt sind in der Stadelmannstraße.«

Die beiden Männer saßen auf der Bank vor der Kapelle und schwiegen. Karl Barnabas streckte seine Beine aus, die Schnürstiefel waren an der Spitze stumpf und abgewetzt, die Cordhose schien lange nicht mehr gewaschen worden zu sein. Die Sonne brach durch einen Riss im Grau. Kurz hellte sich der Wald auf, der Platz lag in goldenem Glanz.

Rose schloss die Augen und spürte die Wärme auf der Haut. Eine Amsel zeterte in der Nähe. Der Zigarrenrauch roch nach verbranntem Heu. Der Duft erinnerte Rose an vergangene Zeiten. Er dachte an das Rauchen von trockenen Grasstängeln, das Zündeln in den Wiesen der Kindheit. Für einen Moment wünschte er sich, hier allein zu sitzen, um in der Ruhe dieses Ortes seinen Gedanken hinterherzulauschen. Dieter Barnabas kam mit frisch gebrühtem Tee zurück. Die Sonne war wieder in einem bleifarbenen Himmel verblasst.

Der Alte deutete vorwurfsvoll auf die Holztür. »Ich sage es dir gerne immer wieder aufs Neue, wenn es nötig ist.«

»Das ist doch Quatsch. Wir sitzen genau daneben, da musst du doch nicht abschließen.« Dieter Barnabas drückte mit dem Knie gegen die Tür und rammte den Schlüssel in das Schloss.

»Ich will es aber so. Punkt. Der Stall muss noch gemistet werden, Dieter.«

Rose fühlte sich unendlich müde. Er wollte jetzt nichts mehr hören, nur gehen, schweigen, bei sich sein. Er stand auf.

»Danke für den Tee.«

»Dafür nicht.« Der Alte spuckte den Zigarrenstumpen aus und reichte Rose die Hand.

ACHT

Ein niedriger, rauchgrauer Himmel. Der Weg führte bergab. Es war ein leichtes Gehen. Die kalte, dunstige Luft erfrischte Rose. Zwischen den Stämmen des Laubwaldes hingen Nebelfetzen wie zerrissene Taschentücher. Eine Taube gurrte hoch oben in den Wipfeln. Er war froh, die Kapelle und die zwei Barnabasse verlassen zu haben.

Gehen, dachte er, den schlechten Gedanken davongehen. Er hatte vor, das Dorf auf einem Umweg zu erreichen, um Zeit zum Nachdenken zu haben, und bog nach rechts in einen Waldweg ab. Wenn er sich immer links halten würde, müsste er wieder auf den Teerweg zurückkommen.

Der Wald rückte näher an den Weg heran. Pilzgeruch stand in dem Baumtunnel, auf dem schwer der Nebel lag. Rose dachte an die Eierschalen, die groben Stiefel und den Platz, an dem der Mann die Schalen zurückgelassen hatte. Wer würde Eier stehlen, nachdem er einen Menschen ermordet hatte? Hatte das eine vielleicht nichts mit dem anderen zu tun?

Rose konnte sich nicht vorstellen, dass der alte verzweifelte Geisa seine Frau getötet hatte. Aber er durfte diese Möglichkeit nicht außer Acht lassen. Er versuchte, ein Motiv zu finden, das den Mord an der Frau erklären könnte, aber er wusste einfach zu wenig über das Opfer und sein Umfeld.

War der Mord geplant gewesen, oder war der Täter doch beim Eierstehlen überrascht worden? Frau Geisa wollte ihren Besitz verteidigen, und der Mann – eher unwahrscheinlich: die Frau – reagierte über und zog das Messer. Aber wegen ein paar Eiern?

Etwas raschelte neben Rose im Unterholz. Er sprang zur Seite und riss schützend den Arm hoch. Ein Hase hoppelte davon. Rose lachte kurz über seinen Schrecken. Erst die Sache mit Barnabas und dem Gewehr, jetzt der Hase, auf den er fast getreten wäre. Für heute waren es genug Überraschungen, er fühlte sich dünnhäutig, durchlässig.

Der Weg war kaum mehr erkennbar. Er schien sich im Dunst aufzulösen. Die feuchte Luft drängte unter seine Kleidung, ließ ihn frösteln. Wie lange war er bereits in diese Richtung gegangen? Er blickte sich um und entschloss sich, wieder zurückzugehen. Der Weg schien fremd, obwohl er gerade auf ihm gekommen war. Der Nebel wurde dichter.

Nach wenigen Metern teilte sich der Weg, Rose konnte sich nicht an diese Gabelung erinnern. Er nahm den rechten Weg, der langsam in einen Pfad auslief, um sich dann zwischen dem Laub am Boden zu verlieren. Er fluchte und ging zurück zu der Gabelung, schlug den zweiten Weg ein. Nach einer Weile blickte er auf seine Uhr. Er hätte längst das Dorf erreicht haben müssen.

Die Stämme verschwammen im Nebel, verflossen zu einer amorphen Masse, schienen sich auszudehnen oder aufzulösen und zu verlaufen.

Als er eine Kreuzung erreichte, an der sich drei Wege trafen, blieb er stehen. Kein Geräusch war zu vernehmen. Die Stille kam ihm unwirklich vor. Eine stechende Verzweiflung übermannte ihn, unerwartet wie ein Schwall Wasser, schreien, er hätte schreien wollen, aber nach wem? Er ahnte es, er wusste, nach wem er rufen wollte, aber derjenige lebte nicht mehr.

Das Gefühl des Verlorenseins zog ihm die Beine weg, Rose setzte sich auf den Boden. Er wollte sich sagen, dass seine Reaktion lächerlich sei, angesichts der Umstände. Er hatte die Orientierung verloren, sich in Wald und Nebel verlaufen, das war alles, doch das Gefühl des Alleingelassenseins war stärker, überwältigte ihn. Er war wieder das Kind, das einst verloren ging, das nach seinem Vater rief und von ihm in den Arm genommen werden wollte, aufgehoben und nach Hause getragen.

Er fühlte sich vollkommen hilflos und wusste nicht mehr weiter.

Der Nebel schien in ihm zu versickern, Konturen und Gewissheiten auflösend. Sein Blick und sein Denken fanden keinen Halt in der milchigen Unörtlichkeit um ihn herum. Er war wie betäubt. So saß er. Lange.

In dieser absoluten Stille war nur sein Atem zu hören, hin

und wieder ein Wassertropfen, der von feuchten Ästen zu Boden fiel, und sein Blut, das in seinem Schädel rauschte. Das Rauschen.

Das Geräusch wurde gegenständlicher. Leise drang ein weiteres Rauschen an sein Ohr, wie von Füßen, die durch Laub furchten. Er stand mühsam auf und lauschte. Das Rauschen kam näher. Vor ihm im Dunst nahm etwas Gestalt an.

Etwas Großes, Dunkles kam auf ihn zu. Der Nebel bewahrte lange die Gestalt. Dann formte sich ein hochwüchsiger Mann in einem langen Mantel aus dem Grau.

»Bist du es?«, flüsterte Rose.

Die Gestalt erreichte ihn, er erkannte sie nicht.

»Wo geht es zum Dorf? Bitte.« Rose stand am Wegrand, seine Worte klebten an seinem Mund. Die Gestalt drehte den Kopf zu ihm, ohne ihren langsamen, schlurfenden Schritt zu unterbrechen.

»Wo geht es nach Jakobsthal?«

Er sprach jetzt lauter.

Die Gestalt hob einen Arm und deutete auf einen der Wege. Der kleinste, eher ein Pfad zwischen dem Laub. Rose sah den Pfad hinab, seine Blicke ertranken im Zwielicht.

Der Mann verschwand im Diesigen, nur noch das Rauschen der Blätter war eine Weile zu erahnen. Schnell folgte Rose der angezeigten Richtung. Er stolperte über eine Wurzel und fiel in das Laub. Sprang auf und lief weiter. Er wollte nur heraus aus diesem Nebelwald. Äste griffen nach ihm, Zweige klatschten in sein Gesicht, Ranken ließen ihn straucheln. Vor ihm tasteten sich gelbe Lichter durch die nassen Stämme und verschwanden. Dann sah er kurz ein Bremslicht aufleuchten. Er hastete den Pfad weiter hinab und traf kurz vor dem Dorf auf den Teerweg.

Außerhalb des Waldes war die Sicht klarer, nur leichter Dunst stand über den Wiesen. Der Garten und die Umgebung waren menschenleer. Nur die Absperrbänder flatterten zittrig. Rose nahm das Mobiltelefon und rief Hasenstabs Nummer auf. Kein Empfang.

Was war gerade passiert?, fragte er sich. Hatte er diesen Mann im Nebel wirklich gesehen, oder war er aus seiner Einbildung geformt?

Eine Erinnerung schob sich in sein Bewusstsein. Er dachte an den Urlaub in seiner Kindheit. Nicht weit von ihrem Ferienhaus war er im Nebel verloren gegangen. Er war vier oder fünf Jahre alt. Gerufen hatte er, bis ihm die Stimme versagte, den Vater hatte er gerufen. Er hatte im Wald gesessen und war überzeugt davon, nie mehr herauszukommen. Verhungern würde er oder von wilden Tieren gefressen.

Mit dem ahnungslosen Glück der Kinder fand er zurück zum Ferienhaus. Der Vater saß in einem Sessel und las unbeteiligt. Niemand hatte seine Abwesenheit bemerkt. Er lief hin und riss ihm die Zeitung weg. Der Vater schaute ihn ungläubig an, dann versetzte er ihm eine Ohrfeige.

Rose hatte diese Geschichte bis zum heutigen Tag vergessen gehabt, jetzt war sie durch den Nebel wieder hochgeschwemmt worden, oder war der Auslöser die Begegnung mit Barnabas und dessen Sohn?

Als er die ersten Häuser erreicht hatte, hörte er Motorengeräusche hinter sich. Kurz sah er den Umriss einer Frau in einem beleuchteten Fenster auftauchen. Wie ein Scherenschnitt vor einem gelben Rahmen. Gegenüber, bei Geisa, drang ein schwacher, flackernder Lichtschimmer aus dem kleinen Geviert des Küchenfensters. Das Dienstfahrzeug hielt auf seiner Höhe.

Hasenstab ließ die Scheibe herunter und musterte Rose, der sich Laub und Erde von der Kleidung klopfte.

»Wir haben Sie gesucht. Waren bei Barnabas, aber der sagte, Sie seien schon lange weg. Ihr Handy war auch ausgeschaltet.«

»Die Herren von der Polizei. Kommen Sie auf einen Kaffee herein?«

Rose drehte sich zu der Stimme um. Die alte Frau stand am Gartenzaun und winkte fröhlich.

Hasenstab stieg aus dem Wagen. »Hallo, Frau Sonntag. Das ist der Kommissar, von dem wir Ihnen erzählt haben, Herr Rose.«

»Ein entzückender Name. Möchten Sie auch einen Kaffee, Herr Rose?«

»Der ist sehr gut«, sagte Rudi Schmitt, der ebenfalls ausgestiegen war.

»Wie hat es Ihnen gefallen beim Barnabas?« Sie lächelte Rose an.

»Woher wissen Sie, dass ich bei ihm war?«

»Ihre Kollegen haben sich auf der Suche nach Ihnen bei mir gestärkt.«

»Kennen Sie ihn näher?«

»Was denken Sie, Herr Rose? In meinem Alter! Er grüßt immer ganz freundlich, wenn er vorbeifährt. Ein netter Herr, wenn Sie mich fragen. Obwohl da nicht jeder so denkt.« Sie winkte Rose heran, blickte sich um und beugte sich zu seinem Ohr. »Ich will nichts gesagt haben, aber fragen Sie doch mal den Finten.«

»Finten? Der wohnt doch vorne auf der Hauptstraße.«

»Ganz recht. Kommen Sie jetzt auf einen Kaffee herein?«

»Ein andermal sehr gerne.« Rose hob kurz die Hand und öffnete die Wagentür. Die Kollegen brummten ungehalten und stiegen ebenfalls ein.

»Fahren wir zurück. Ich habe genug für heute«, sagte Rose, und Rudi Schmitt trat auf das Gaspedal.

NEUN

Er läuft durch den Nebel auf der Suche nach seiner Tochter. Immer wieder ruft er ihren Namen. Lisa. Das Zwielicht verschluckt jedes Geräusch. Alles verliert sich, selbst der Grund unter seinen Füßen. Er watet, versinkt, bis er durch das Grau mit schweren Armen schwimmt. Er muss herauskommen, strampelt mit den Beinen, rudert mit den Armen.

Endlich erwachte er. Die Decke lag auf dem Laminat neben dem schmalen Bett.

Er hatte nicht die Empfindung, als sei dies die Realität, wirklicher war noch die Welt des Traumes, die allmählich verblasste.

Rose blickte sich um, die Augen weit offen. Sein neues Zuhause. Ein möbliertes Einzimmerapartment in der Obernauer Straße. Klein wie eine Schiffskabine. Wenn er sich streckte, konnte er durch das vorhanglose Fenster den Main sehen. Das zumindest. In den Bäumen am Ufer hingen vom letzten Hochwasser Plastiktüten wie Nebelfetzen. Ein schlankes Holzboot mit sechs bunten Ruderern flitzte wie ein riesiger Wasserläufer über den Fluss.

Als er das Haus verließ, stand die Sonne noch tief. Es würde einen schönen Herbsttag geben. Auf der Mainbrücke beugte er sich über das Geländer. Die Oberfläche des Flusses zersprang in tausend glitzernde Spiegel.

Ein kleines, überdachtes Boot tuckerte auf die Brücke zu. Über die ganze Schiffslänge war eine Schnur mit bunten Wimpeln gespannt, die im Fahrtwind flatterten. Im Bug saß ein kräftiger Mann und winkte. Rose lächelte und hob die Hand.

Bei der Betrachtung des Mains hatte er an einen anderen Fluss denken müssen. Einen klaren, kalten Fluss, der durch seine Vergangenheit floss: Die Isar.

Und damit dachte er an München, seine alte Heimat, und an sein früheres Leben, das ihm dort abhandengekommen war.

Auch die Überdrüssigkeit war ihm wieder in den Sinn gekommen, die ihn in München befallen hatte, nachdem Ines ihn so plötzlich und unerwartet verlassen hatte. Die Enge, die Menschenmassen, die ihm die Luft zum Atmen nahmen.

Hier, in dieser kleinen, überschaubaren Stadt, hatte er das Gefühl einer kompletten Unabhängigkeit, die ihn einerseits froh stimmte, andererseits an seine Einsamkeit erinnerte.

Rose ging weiter Richtung Dienststelle. Am Ende der Brücke lief er die Böschung hinab, überquerte eine Straße und kam an das Ufer des Flusses.

Eine Weile betrachtete er die Strömung. Ein abtreibender Ast reckte seine Zweige, als suche er Halt. Zwischen den Steinen am Ufer lagen die braunen Scherben einer Bierflasche. Rose versuchte sich an den Traum der letzten Nacht zu erinnern. Es gelang ihm nicht. Er wusste nur noch, dass er beim Aufwachen ein Gefühl des Verlorenseins empfunden hatte.

Rose drehte sich um und blickte in Richtung seiner Wohnung, als hingen dort noch Reste seines Traumes in den Bäumen am Ufer. Oben auf der Brücke sah er einen alten Mann, der wie in Zeitlupe einen Rollator vor sich herschob. Auf dem Kopf trug er eine rosa Baseballkappe. Zu Roses Linken schimmerte der Fluss, die Morgensonne vertrieb die kühle Nachtluft, feine Mückenschwärme tänzelten im frühen Licht, ein Frachtkahn schob gemächlich eine glitzernde Bugwelle vor sich her. Rose schritt leicht aus. Bald sah er das Dienstgebäude jenseits der Straße.

Auf seinem Schreibtisch lagen die neuen Laborbefunde: Bolander hatte an den Eierschalen Fingerabdrücke gefunden. Sie waren weder registriert, noch stammten sie vom Ehemann des Opfers. Aber mit ziemlicher Sicherheit vom Mörder. Das zumindest meinte Roses Kollege, Helmut Böhm. Seltsamerweise waren einige Brösel Tee an den Eierschalen gewesen.

»Tee?«

»Eindeutig«, sagte Böhm. »Zuerst dachte Bolander, es müsse sich um Erde handeln, aber dann hat er zum Glück noch mal genauer hingeschaut. War nicht so einfach, meinte er, herauszubekommen, um was es sich handelt. Vor allem, weil das Teepulver gekocht war.«

Rose starrte auf das Papier in seinen Händen. »Wie kommt das Teepulver an die Schalen?«

»Tee und Eier. Hört sich nach einer Frühstücksbekanntschaft an.«

Grüntee aus dem Himalaja, kam es Rose in den Sinn. Auf seiner Zunge schmeckte er den rauchigen Tee, den er bei Barnabas getrunken hatte. Aber dieser Gedanke war ihm zu abwegig. Trotzdem fragte er nach.

»Welcher Tee? Grüner oder schwarzer?«

Böhm schien belustigt. »Grüntee oder Schwarztee? Ich werde nachhaken. Wollen Sie auch die Hühnerrasse wissen, von der die Eierschalen stammen?«

»Ja, das wäre hilfreich«, sagte Rose und reichte Böhm die Laborbefunde zum Archivieren. »Sind die Suchmannschaften benachrichtigt?«

»Bereitschaften aus Würzburg und Nürnberg sind unterwegs, dazu Hundestaffeln aus ganz Unterfranken.« Böhm stieß sich vom Schreibtisch ab und rollte mit seinem Drehstuhl durch das Büro. Er streckte seinen Arm und zeigte mit einem Stift auf die Spessartkarte an der Wand. »Wir beginnen die Suche am Tatort, ziehen nach Südost, schwenken hier nach Westen und nehmen das Gebiet bis Sailauf mit. Ein Hubschrauber mit Wärmebildkamera ist angefordert. Und die Presse wurde bereits verständigt, sie tut das Übrige.«

»Die Suche läuft also.«

»Die Suche läuft.«

»Dann kann ich ja am Wochenende zu meiner Tochter fahren.«

»Der Chef wird davon nicht begeistert sein.«

»Grüßen Sie ihn, falls er am Wochenende hier sein sollte.«

»Ich werde sicher nicht hier sein, um dem Chef Ihre Grüße zu bestellen. Ich unternehme mit meiner Familie eine Wanderung.«

»Im Spessart?«

»Ich ziehe momentan den Odenwald vor.«

»Tun Sie das, und ich versuche herauszubekommen, woher ich den Namen Barnabas kenne.«

»Barnabas? Barnabas und Partner. Das ist der größte Immobilienmakler in der Stadt. Barnabas selbst hat sich aus dem aktiven Geschäftsleben zurückgezogen. Ich weiß das so genau, weil ich mit denen zu tun hatte wegen meiner Wohnung. Das ist schon rund zehn Jahre her, da verließ Barnabas gerade die Maklerei.« Böhm stand auf, legte die Hände auf die Lehne des Stuhls und schob ihn zum Schreibtisch zurück.

Rose musste an den alten Mann mit dem Rollator und der Baseballkappe auf der Mainbrücke denken, er hatte eine gewisse Ähnlichkeit mit seinem Kollegen gehabt.

»Barnabas lebt in der Nähe des Tatortes. Aber mir ist der Name in einem anderen Zusammenhang untergekommen.« Rose trat an das Fenster. Auf einem unbebauten Grundstück zu seiner Linken stand eine Eberesche. Die Früchte leuchteten wie Korallen. Oder wie Blutstropfen, dachte er.

»Eine Frau wird erstochen und verbrannt. Im Wald liegen Eierschalen mit Teepulver. Das ist alles, was wir haben.«

»Immerhin«, sagte Böhm, »haben wir Fingerabdrücke. Wir müssen nur die Finger dazu finden.«

»Richtig. Ich gehe also los und nehme von allen Leuten im Spessart Fingerabdrücke ab.«

»Wie sollen wir sonst vorgehen?«

Rose fühlte sich plötzlich müde. Müde und hilflos. »Ich weiß es nicht.« Seine Augen brannten. »Ich gehe jetzt nach Hause und weiter zum Zug. Solange bin ich erreichbar. Dann schalte ich das Mobiltelefon aus.«

»Laut Personalakte haben Sie doch den Führerschein. Wieso fahren Sie denn nicht mit dem Auto?«

Rose war mittlerweile an Böhms Neugierde gewöhnt. Vielleicht hätte er an seiner Stelle auch die Personalakte gelesen, wenn ein neuer Kollege ins Büro gekommen wäre.

»Ein Versprechen«, sagte Rose und wusste, dass das keine ausreichende Erklärung war. »Ich habe einem Kollegen von der Streife meinen Wagenschlüssel überlassen mit dem Versprechen, mich erst wieder ans Steuer zu setzen, wenn ich die Schlüssel von ihm zurückbekomme.«

»Verstehe. König Alkohol!«

Rose passte Böhms verschwörerischer Ton nicht, aber im Grunde hatte er recht. »Ich habe die Schlüssel bis heute nicht wieder.«

»Dann holen Sie sie.«

»Der Kollege wurde bei einer Kneipenschlägerei getötet.«

Böhm seufzte. »Schlimm, aber dafür können Sie doch nichts.«

»Ich weigerte mich, mit ihm zur Blutuntersuchung zu gehen. Wäre ich mitgekommen, hätte ein anderer die abgeschlagene Bierflasche in den Hals bekommen.«

Das erzählte Rose; was er verschwieg, war, dass er den Polizisten unter Druck gesetzt hatte, ihn gehen zu lassen, ihm gedroht und seinen höheren Dienstrang ins Spiel gebracht hatte. Die Nacht, als Rose angetrunken auf ein parkendes Fahrzeug aufgefahren war, schob sich knirschend in sein Bewusstsein. Seit dem Tod des jungen Kollegen hatte Rose nicht mehr am Steuer eines Fahrzeugs gesessen.

»Das ist wie mit dem Flügelschlag des Schmetterlings und dem daraus resultierenden Wirbelsturm. Der Schmetterling ist Auslöser und doch unschuldig«, sagte Böhm.

»Wie man es nimmt. Auf alle Fälle fahre ich heute mit dem Zug.«

***

Das Wochenende mit Lisa in Berlin war schnell vorübergegangen. Zu schnell, dachte Rose. Er hatte in einem Hotel gewohnt und seine Tochter am Samstagmorgen abgeholt und am Abend desselben Tages zurückgebracht. Sie waren im Zoo gewesen. Rose hatte noch einige andere Männer mit ihren Kindern bemerkt.

Der Zoo war nicht nur ein Sammelsurium von entwurzelten Tieren, hatte er gedacht, sondern auch eine Zuflucht für alleinstehende Väter und ihre Wochenendkinder. Sonntagnachmittag aßen sie zu dritt in einem italienischen Restaurant, bevor ihn Ines und Lisa zum Bahnhof begleiteten.

Auf dem ganzen Weg hielt Lisa seine Hand. Sie drückte sie fest. Die Handinnenflächen waren feucht und warm, doch Lisa ließ nicht los.

»Warum wohnst du nicht mehr mit Mama und mir zusammen?«

»Das musst du deine Mutter fragen.«

Auf Ines' Stirn erschienen kurz tiefe Furchen. »Sie fragt schon den Richtigen.«

Rose nahm Lisa auf den Arm. »Du weißt doch, dass ich arbeiten muss.«

Er schämte sich für diese alberne Ausrede. Aber was hätte er Lisa sagen sollen, hier am Bahnhof, eine Minute bevor der Zug abfuhr? Hätte er sagen sollen, dass er es im Grunde genauso wenig verstand wie sie, weil er sich noch immer weigerte anzuerkennen, dass er Ines und auch Lisa vernachlässigt hatte oder dass er die Ehe mit Ines wie seinen Job betrachtete, befriedigend zwar, aber auch unkündbar, bis ihn Ines aus seiner selbstgefälligen Starre riss, als sie davonlief?

»Mama arbeitet auch«, sagte Lisa.

»Ich arbeite woanders. Ganz weit weg von hier.«

Lisa riss die Augen theatralisch auf und blickte sich um. »Gangster gibt es überall.«

Rose wartete darauf, dass der Schaffner zur Abfahrt pfiff. Doch dann fiel ihm ein, dass der Schaffner mittlerweile Zugbegleiter hieß und ihm an den großen Bahnhöfen die Trillerpfeife abhandengekommen war. Stattdessen mahnte ein elektronisches Piepen zum Einstieg. Der Hund wird nicht mehr zurückgepfiffen, dachte Rose und setzte Lisa ab. Er küsste sie schnell und sprang in den Wagen.

Die Tür schloss mit einem leisen Zischen. Durch die verstaubte Glasscheibe sahen die Gesichter der beiden farblos aus. Der ICE fuhr an. Lisa lief winkend neben dem Zug her. Sie lachte.

Rose legte seine Hand an die Wange. Die Hand, die Lisa so fest gehalten hatte. Sie war kühl.

ZEHN

Anton war nervös. Er wieherte, wollte aus dem Stall. Barnabas versuchte vergebens, ihn zu beruhigen.

»Es wird gleich dunkel, du kannst jetzt nicht mehr spazieren gehen.«

Er überquerte den Hof und blieb an der Kapellentür stehen. Langsam drehte er den Kopf. Er war nicht allein. Irgendwer beobachtete ihn. Er fühlte es. Er wusste es.

Der Wind wehte trockene Blätter über den Kies, ein Rascheln wie von Füßen im Gras. Die Kapellentür fiel hinter Barnabas ins Schloss. Ein metallener Riegel schnappte ein.

Bevor er Licht machte, zog er die schweren Vorhänge vor den beiden Fenstern zu.

Die Vorstellung, dass ihn jemand von außen beobachten könnte, war ihm unerträglich. Der Wind wehte ums Haus, brach sich an den Ecken und den Dachvorsprüngen. Ein Wispern und Murmeln.

Barnabas zündete mit einem Streichholz die große Kerze auf dem Tisch an, dann eine Zigarre. Die Dämmerung und der Wind hatten sich zusammengesellt, um ihn frösteln zu lassen. Die Kerze flackerte und warf wankende Schatten an die hohen Wände der Kapelle.

Barnabas stocherte in der Glut herum, das Feuer flammte auf. Er warf zwei Scheite in den offenen Kamin und rieb seine Hände aneinander. Das Knacken des Holzes mischte sich mit dem leisen Heulen des Windes im Kaminschacht. Dann hörte er ein Knirschen auf dem Kies vor der Tür.

Der Wind geht ums Haus, sagte er sich und setzte sich an den Tisch, der im Zentrum des Raumes stand. Er lauschte auf die Geräusche des Waldes. Das Knarren der Stämme, das Flüstern und Raunen der aneinanderreibenden Zweige im Wind, das Fallen der Blätter, ein Rascheln im Laub.

Die Laute dunkler Wesen, ihr Sichern und Schleichen, ihr nächtliches Jagen und Fliehen.

Die Rotweinflasche war beinahe leer. Das Buch vor ihm fast zu Ende gelesen, ein Streichholz steckte als Lesezeichen zwischen den Seiten. Er zog das Buch an sich und entnahm ihm einen Briefumschlag, zerrte die Kopie eines Zeitungsartikels heraus und las.

Es war der dritte Brief. Auch diesen hatte er vor seiner Tür gefunden. Wie die beiden Male zuvor ein unbeschriftetes Kuvert, in dem die Kopie eines Zeitungsartikels steckte. Der unbekannte Absender hatte die Briefe direkt an seiner Haustür abgelegt. Beim ersten Mal vormittags, als er einkaufen war, die anderen beiden Male nachts.

Er stand auf und warf Umschlag und Brief in das Kaminfeuer. Die Schreiben gehörten zum Spiel der dunklen Gestalten, die sich hier herumtrieben, ihn belauerten, mit Schattenfingern nach ihm griffen.

Antons Schnauben drang leise an Barnabas Ohr. Der Wind frischte auf in der Nacht.

ELF

Am Montagmorgen erwachte Rose, kurz bevor der Wecker klingelte.

In diesem Moment hatte er das Gefühl, dass er ein weiteres Leben führte. Einmal das Leben des Hauptkommissars, der tagsüber dem Verbrechen hinterherjagte, und ein anderes, geheimes Leben, das begann, wenn er die Augen geschlossen hatte. Dann stand ein weiterer Rose auf, der sich daranmachte, mit Hacke und Spaten eine Grube auszuheben in der Nacht, wenn der andere Rose schlief. In steinigem Gelände hackte und grub er, bis der Morgen dämmerte. Dann legte sich jener Rose hin, kurz bevor der andere die Augen aufschlug.

Er fühlte sich erschöpft und wusste nicht, wie er den Tag, aufrecht an Körper und Geist, bewältigen sollte. Kaum hatte er sich erhoben, drängte alles zur Bettstatt zurück, den Schlaf nachzuholen, den ihm der andere Rose durch sein nächtliches Tun entzogen hatte. Er war, kaum aufgewacht, hundemüde, obwohl er früh zu Bett gegangen war.

Eine Weile stand er am Fenster und blickte auf den trägen Fluss. Ein schlanker schwarzer Vogel schnellte über das Wasser dahin, bevor er durch die Oberfläche stieß und sich dem Blick entzog. Ein Stück weiter flussaufwärts tauchte der Kormoran wieder auf und schüttelte seinen schmalen Kopf.

Rose dachte an das Wochenende, den Abschied auf dem Bahnhof in Berlin. Wie er Lisa hochgehoben hatte, sie war leicht wie ein Vögelchen. Einen Moment hatte er befürchtet, sie könne ihm durch die Arme gleiten und davonfliegen wie ein gasgefüllter Luftballon, der Kinderhänden entfleucht, um am Himmel als bunter Tropfen zu verwehen.

Er hätte gerne auch Ines umarmt, ihr gesagt, dass er sie vermisste, doch Ines erschien ihm auf diesem kalten Bahnsteig unberührbar, unerreichbar für ihn. Losgelassen wie einer dieser Ballons: ein Moment der Unachtsamkeit, und es blieb nur noch der sehnsuchtsvolle Blick zum Himmel, ein untätiges Hinterherblicken, ein Erinnern alter Versprechen und ungenutzter Möglichkeiten.

Er riss seinen Blick los von diesem weiten Himmel. Gehen wollte er. Den Gedanken davongehen. Er freute sich auf den Weg zum Büro. Die Luft, die Bewegung würden ihm guttun.

Er überquerte die Brücke, die unter einem Sattelschlepper leicht vibrierte, und ging rasch am Fluss entlang. Ein behelmter Radfahrer kam ihm entgegen. Seine grellbunte Kleidung stand im Gegensatz zu dem alten, aschgrauen Gesicht. Rose versuchte, sich an den Namen der T-Shirt-Farbe zu erinnern. Erst als er das Keuchen des Radlers nicht mehr hörte, fiel ihm das Wort ein: Magentafarben.

Lächelnd schüttelte er den Kopf. Er dachte an das Telekom-Team und die Dopingfälle bei der Tour de France einige Jahre zuvor, als der Radsport seine Unschuld verlor. Zumindest für ihn. Seit dieser Zeit schaute er keine Radrennen mehr, das ganze Umfeld erschien ihm korrupt und skrupellos, bar jeglichen sportlichen Gedankens. Lächelnd dachte er an einen Artikel in einer Sonntagszeitung, wo es hieß, dass ein Ehrenwort und der Ehrenmord mit Ehre so viel zu tun hätten wie die Tour de France mit Sport.

Rose hatte die Dienststelle fast erreicht. Ein Mann mit einem breitkrempigen Hut kam aus dem Gebäude und öffnete die Beifahrertür eines weißen Passats. Rose blickte Vater und Sohn Barnabas in dem vorbeifahrenden Kombi hinterher. Er beeilte sich, ins Büro zu kommen.

Auf seinem Schreibtisch schob er die Akten mit den ungeklärten Mordfällen beiseite. Etwas Wichtiges war ihm entgangen, doch er wusste nicht, was. Er sollte noch einmal alle Berichte lesen.

»Es war viel los, am Wochenende«, meinte Böhm.

Rose überhörte den tadelnden Unterton. »Was wollte Barnabas hier?«

»Er hat eine Langwaffe als gestohlen gemeldet. Sauer 90, Kaliber 30.06.«

»Scheiße. Das ist wirklich Scheiße.«

»Ich habe die Spurensicherung verständigt. Die wollen gleich los«, sagte Böhm.

Rose stand auf. »Ich fahre mit.«

»Das ist noch nicht alles. Unsere Suchmannschaften haben nichts gefunden. Es heißt, Leute aus den umliegenden Dörfern machen selbst Jagd auf den Unbekannten. Bauern, Jäger, Waldarbeiter. Der Gewehrdiebstahl hat sich wie ein Lauffeuer herumgesprochen.«

»Noch mehr gute Neuigkeiten?«

»Der Chef ist sauer, wegen Ihrer eigenmächtigen Freinahme am Wochenende. Und die Presse macht Druck.«

Auf der Fahrt nach Jakobsthal las Rose das Protokoll. Barnabas hatte ausgesagt, dass er am Samstag auf der Jagd gewesen sei, einen Waldhasen schießen. Am Nachmittag kam er zur Kapelle, fand die Tür aufgebrochen, die Wohnung durchwühlt und den Gewehrschrank geöffnet. Der Einbrecher hatte den versteckten Schlüssel gefunden. Barnabas verwahrte ihn im Bücherregal hinter einem Lexikon. Eine Packung Patronen, Kaliber 30.06, war ebenfalls abgängig.

Wie hatte Barnabas die Gestalten genannt, die um sein Haus schlichen? Rose versuchte sich zu erinnern. Eine Packung Patronen fehlte also auch. Kaliber 30.06, ein schweres Geschoss. Zumindest kannte sich derjenige, der das Gewehr gestohlen hatte, mit Waffen aus. Und wusste, wie man sie benutzt. Was kommt als Nächstes?, fragte er sich.

»Das geht uns an«, sagte der Fahrer und drehte das Autoradio lauter.

»Wir unterbrechen das Programm für die neuesten Meldungen im Mordfall Anna G. Ein Polizeisprecher sagte gegenüber unserem Sender, dass die Suche in der Umgebung von Jakobsthal noch immer auf Hochtouren läuft. Scheunen und Jagdhütten in der Nähe des Tatorts werden durchsucht, ebenso kontrolliert die Polizei verstärkt den Verkehr rund um die Gemeinde. Die Polizei ruft die Bevölkerung erneut dazu auf, aus Sicherheitsgründen keine Anhalter mitzunehmen. Gleichzeitig appellieren die Beamten an die Bewohner von Jakobsthal und Umgebung, wachsam zu sein und auf verdächtig wirkende Personen zu achten. Die Polizei war nach eigenen Angaben das ganze Wochenende über gezielt in der Spessartgemeinde und Umgebung präsent. Bei Radio Primavera hören Sie die neuesten News. Wir bleiben für Sie am Ball.«

Der Fahrer lachte. »Wer nimmt denn heute noch Anhalter mit?«

Am Ortseingang von Jakobsthal parkte ein Mannschaftswagen. Einsatzbeamte mit Maschinenpistolen standen daneben. Einige nickten den vorbeifahrenden Kollegen unverbindlich zu.

»Setzen Sie mich hier ab«, sagte Rose, als der Transporter der Spurensicherung durch die Hauptstraße fuhr.

Am Ortsende stand ein Dutzend Männer. Sie hielten Mistgabeln und Knüppel in Händen. Er ging ein Stück die Hauptstraße zurück bis zu dem Schild »Tobias Finten – Erfindungen und Reparaturen aller Art«. Im Hof sah er einen Mann, der sich über eine Waschmaschine gebeugt hatte.

»Hallo. Herr Finten? Ich bin Richard Rose von der Mordkommission Aschaffenburg.«

Der Mann richtete sich auf und putzte seine Hände an dem ehemals blauen Overall ab. Überall waren Flicken aus den verschiedensten Stoffen aufgenäht. Er blickte ihn aus dunklen Knopfaugen eine Weile an, ohne zu sprechen. Rose kam es vor, als wittere er mit seiner langen, markanten Nase, die wie das ganze Gesicht aus Holz geschnitzt wirkte.

Dann begann er zu lächeln. »Ja, das bin ich.«

Er breitete dienstfertig die Hände aus und fragte, wie er helfen könne. In diesem Moment kam der Trupp Männer vorbei.

Rose blickte in grimmige, schweigsame Gesichter.

»Es ist ganz schön was los hier«, sagte Rose.

»Gewitterwolken ziehen über dem Dorf auf.«

»Herr Finten, kennen Sie Karl Barnabas?«

»Sagen Sie Tobbi zu mir, jeder sagt Tobbi zu mir.«

»Kennen Sie ihn?«

»Den Barnabas?«

»Den meine ich.«

»Ich rede nicht gerne über die Leute im Dorf.«

»Es geht nicht ums Über-Leute-Reden, sondern um Mord.«

»Sie verdächtigen doch nicht den alten Barnabas?«

»Hören Sie, Tobbi. Ich glaube, etwas passiert, etwas, was mit Barnabas zu tun hat.« Rose blickte Finten in die Knopfaugen. »Es ist nur ein Gefühl.«

Tobias Finten lächelte. »Rose, Sie sind aufrichtig«, sagte er und kratzte sich umständlich am Kopf. »Das Leben hat Barnabas' Herz versteinert. Der liebt nur noch seine Tiere.«

Rose blickte auf einen anderthalb Meter großen Roboter, der in einer Ecke zwischen dem Schrott lag. Er sah aus wie ein zu groß geratenes Spielzeug. Aus dem kastenförmigen Kopf ragte eine verbogene Antenne, und eine der zwei Glühbirnen, die als Augen dienten, war zersplittert. Finten folgte Roses Blick und lachte.

»Das ist 344/66-3a. War früher ein guter Freund, sozusagen. Müsste ihn mal wieder aufmöbeln.«

»Sie hatten Ärger mit ihm?«

»Mit dem Roboter?«

»Sie wissen, wen ich meine.«

Finten steckte die Hände in die Taschen des zerschlissenen Overalls, um sie sogleich wieder herauszuziehen.

»Als er hierherkam, half ich Barnabas. Er war ja ein richtiger Stadtmensch, keine Ahnung vom Landleben. Für sein Kaminholz wollte er einen Spalter. Ich tüftelte eine Maschine aus, die das Holz spaltete und hackte, auf jedes gewünschte Maß. Nach dem ersten Einsatz sollte er sämtliche Schrauben festziehen, das habe ich ihm ausdrücklich gesagt. Außerdem wollte ich mit ihm zusammen die Maschine die ersten Male betreiben. War ja ein Prototyp. Ich kam auf seinen Hof, da hatte er schon ohne mich angefangen gehabt. Ein Bolzen hatte sich gelöst und ihn am Hals erwischt, er lag da und blutete wie ein Schwein. Ich konnte die Blutung stillen, und als er im Krankenhaus war, versorgte ich seine Tiere. Doch er war voller Hass. Ich hätte ihn umbringen wollen, erzählte er überall herum, außerdem schuldete ich ihm einen Pullover, den, den ich aufschneiden musste, als ich ihm das Leben rettete.« Finten fuhr sich durch sein dunkles, wolliges Haar. »So war das.«

»Wie lange ist das her?«

»Etwa zehn Jahre.«

»Sie sind von hier?«

»Nein. Ich komme von weit her. Von hinter den Wolken sozusagen.« Er lächelte.

»Sie leben allein?«

Finten deutete auf die Skulpturen in seinem Hof. »Mit meinen Maschinen. Wenn Sie eine Frau meinen, dann lebe ich allein. Die müsste ich mir schnitzen.«

Rose betrachtete Fintens hölzernes Gesicht und lachte. Der andere lachte mit.

»Und Sie, leben Sie allein?«

Roses Lachen verwehte. »Ich habe keine Maschinen, wenn Sie das meinen, und meine Frau ist mir weggelaufen.« Er reichte Finten die Hand. »War schön, Sie getroffen zu haben, Tobbi.«

Finten lächelte, dann widmete er sich wieder seiner Waschmaschine.

Als Rose auf die Straße trat, blendete ihn die strahlende Herbstsonne. Ein grüner Geländewagen raste an ihm vorbei. Von seiner Rückseite glotzte das Bild eines Keilerkopfes herab, das auf den Überzug des Ersatzrades gedruckt war. Rose streckte sich und blickte nach oben. Ein roter Milan zog vor dem kalten Blau des Himmels seine einsamen Kreise.

***

Das Rufen der Männer war weithin zu hören. Stöcke schlugen an Bäume, Laub rauschte, Lachen und Fluchen. Aufgeschreckte Vögel flohen zeternd voraus. Die Reihe der Männer schob sich lautstark durch den Wald. Sie trugen Knüppel und Äxte mit sich, machten sich durch derbe Witze Mut, feuerten sich an, riefen »Kurzen Prozess« und »Aufhängen« und übersahen den Mann, der in der Nähe saß, von einer Buche halb verdeckt, und sie ruhig beobachtete.

Der Mann lächelte. Diese Trottel. Rennen blindlings durch

den Wald, ohne Sinn und Verstand. Man muss sich in seine Beute hineinversetzen, wissen, wie sie denkt, wie sie fühlt. Nur wenn man es versteht, Füchse und Sauen zu jagen, kann man auch Menschen jagen.

Das Jagen lag ihm im Blut. Bereits als Kind hatte ihm der Vater das Wichtigste darüber beigebracht. Das zumindest hatte er von ihm gelernt, und die Angst, die er verbreitet hatte, lehrte ihn bereits als Kind, lautlos zu sein, sich unsichtbar zu machen, zu verschwinden. Wenn der Vater zu Hause war, erstarben die Geräusche, waren Türenschlagen, laute Stimmen, selbst Lachen verboten. Sogar die Toilettenspülung erregte seinen Unmut, sodass er seinen Drang einhalten musste oder aber aus dem Fenster urinierte, nur um den Vater nicht zu stören, ihm seine unbedingte Ruhe zu gönnen.

Wie in einen Kokon hatte er sich in seine Bettdecke eingewickelt, flach geatmet, gelauscht, auf die Geräusche im Nebenzimmer, wenn der Sessel knarrte und ihm zeigte, dass der Vater nun aufstehen würde, vielleicht etwas begehrte. Dann krampften sich seine Muskeln zusammen, bereit aufzuspringen, um den Wünschen des ungeduldig Rufenden unverzüglich zu gehorchen.

So hatte er Geduld gelernt, eine gespannte Ruhe, so war er zum perfekten Jäger geworden.

Er wartete auf das Leiserwerden der Stimmen, sah die Männer hinter einer Kuppe im Hochwald verschwinden, dann richtete er sich auf und schulterte Rucksack und Gewehr.

Bald hatte er den Höhenzug erreicht, ihn deckte Jungwuchs, der hier hochkam. Ein Sturm war vor Jahren in eine kleine Dickung gefahren, hatte sich gegen den Waldrand geworfen, die Bäume gepackt und gerüttelt und schließlich mit tödlicher Macht Holz gebrochen, Äste zerrissen, Stämme umgelegt. In den Wochen nach dem Sturm kamen Förster und Waldarbeiter und taten, was zu tun war, fällten und sägten und räumten auf, bis eine große entwaldete Fläche entstand, die nun den Jungwuchs aufkommen ließ.

Rasch ging er voran, er wusste, wohin, wo seine Beute steckte, wie er zum Zuge kam.

Er näherte sich der Kapelle von der Hangseite. Hier war das Unterholz sehr dicht, im Gegensatz zum Hochwald auf der anderen Seite des Plateaus. Dort war nur durch die dicken Stämme der Buchen Deckung möglich. Der Waldboden sah wie aufgeräumt aus. In diesem Teil des Waldes aber wuchs die Naturverjüngung gute zwei Meter hoch.

Ein alter Windwurf hatte Licht auf den Hang gebracht. Junge Buchen und Eichenanflug, wilde Kirschen, verblühte Weidenröschen und Holunderbüsche, dazwischen die großen Blätter des Farnkrauts. Die Baumstubben waren von dornigem Gestrüpp überwuchert. Er arbeitete sich zwischen den Büschen vorwärts. Brombeerranken versuchten ihn zurückzuhalten, zerrten an seiner Hose. Ein Buntspecht flog wippend davon.

Zwischen den Zweigen tauchten die hellen Gebäude auf. Zu seiner Rechten die Kapelle, geradeaus der Stall. Keine zwanzig Meter.

Unvermittelt erschien Karl Barnabas. Er hielt eine hölzerne Schüssel unter dem Arm und überquerte den Platz zwischen Kapelle und Stall. Eine Henne rannte mit vorgerecktem Kopf hinter ihm her. Erst auf der Längsseite des Schuppens machte er halt. Mittlerweile bedrängten ihn sämtliche Hühner.

Barnabas machte lockende Geräusche und hielt dem abseitsstehenden Hahn seine offene Hand hin. Der Hahn streckte sich und flatterte mit den Flügeln, wobei er den Kopf zurückbog, als wolle er krähen. Dann stolzierte er zwischen die Hühner und pickte Körner aus der angebotenen Handfläche.

Aus den Büschen heraus sah er Barnabas lächeln, als der Hahn das Futter aufnahm. Er schob sich ein Stück näher. Ein trockener Ast knackte unter seinem Fuß. Er duckte sich und verharrte regungslos, als Karl Barnabas sich umdrehte.

***

In einem alten Kochbuch hatte er über geröstete Hanfsamen gelesen. Gesalzen wurden sie in vergangenen Zeiten als Knabberei gereicht. Karl Barnabas zog die kleine gusseiserne Pfanne vom Herd und warf eine gute Prise grobes Meersalz über die angebräunten Samenkörner. Ein herber Duft stieg in einer kleinen Rauchsäule von dem Metall der Pfanne auf. Er schüttete den Inhalt auf einen irdenen Teller. Dann lehnte er sich zurück, kaute langsam eine Handvoll davon und lauschte dem Geschmack des Hanfs hinterher.

Sein Gesichtsausdruck veränderte sich. Er presste die Lippen zusammen, als wolle er etwas im Mund zurückhalten. Sprang auf. Mit einem Prusten spuckte er die bitteren Körner in die Spüle. Er blickte eine Weile auf die ausgespienen Brösel, dann ging er zum Regal. Die hölzerne Schüssel füllte sich halb, als er die Samentüte hineinleerte.

Barnabas trat vor die Kapelle und rief ein »Kommkommkomm«, um die Hühner zu locken. Er drehte schnell den Schlüssel im Schloss und ging zum Stall hinüber.

Die Hennen schwirrten um seine Beine. Er warf ein paar Hände voll Körner unter sich. Dann kam sein Italiener. Der Hahn warf sich in die Brust und öffnete flatternd seine Schwingen. Das Sonnenlicht ließ die Federn in Stahlblau und Pfauengrün strahlen. Kamm und Kehllappen leuchteten in tiefem, fleischigem Rot. Barnabas lächelte, als der Hahn ihm die Hanfsamen direkt aus der Hand nahm. Er konnte sich keinen prächtigeren Anführer für seine Hühnerschar vorstellen.

Das Knacken eines Astes in seinem Rücken ließ ihn herumfahren. Er blickte zum Waldrand hinter der Kapelle. Dichtes Buschwerk, Braun- und Rottöne in allen herbstlichen Schattierungen, dazwischen das späte Grün der Brombeeren, an den Blatträndern gelb vom vergehenden Jahr gesäumt. Angestrengt blickte er in die Richtung, aus der das Geräusch von brechendem Holz gekommen war, als er das Schnabelhorn in seiner Handfläche erneut fühlte. Er warf die letzten Körner unter die Hühner und ging zur Kapelle zurück.

***

In lockerem Lauf bewegte er sich weg von der Kapelle, auf dem Grat zwischen zwei tiefen Geländeeinschnitten. So konnte er jederzeit zur einen oder anderen Seite abtauchen. Er hörte in der Ferne die Männer rufen und Stöcke an Stämme schlagen.

Sie suchen alle in der falschen Richtung. Und er sitzt wieder in seinem Versteck, in seiner verfluchten Kapelle, und wartet. Wartet er auf mich? Warte nur. Ich komme, dich zu holen. Bald.

Das Dröhnen eines Hubschrauberrotors zerriss die Stille des Herbstwaldes. An einen Buchenstamm geduckt, wartete er, bis das Dröhnen abschwoll. Er schloss die Augen und sah ihr Bild vor sich, ihr Lächeln, ihr immerwährendes Lächeln, dann sah er den brennenden Schuppen und die Alte. Das Lächeln verschwand. Er hatte sie an sich gezogen und ihr die Klinge in den Leib gerammt. Sie hatte weiter auf ihn eingeschlagen, als hätte er sie nicht erwischt.

Mit kurzen, gezielten Bewegungen hatte er auf sie eingestochen, bis sie innehielt mit ihrem verdammten Holzscheit, ihn verwundert anblickte und langsam an ihm hinabglitt. Formlos, wie ein wassergefülltes, weiches Etwas rutschte sie auf den Boden des Schuppens. Federn wirbelten durch den Raum. Er hatte die Klinge an ihrer Kittelschürze abgewischt, dann packte er zwei der gackernden Hühner und schnitt ihnen den Kopf ab.

Warm rann das Blut über seine Hand, vermischte sich mit dem Blut der Frau. Als er die Hühner in seinen Rucksack gepackt hatte, zog er die Petroleumflasche aus der aufgenähten Außentasche. Er goss den Inhalt auf die Alte und auf das Stroh und ein paar verstaubte Autoreifen, warf ein Streichholz in den Schuppen und verschwand aus dem Garten.

Sie hatte ihm keine Wahl gelassen.

ZWÖLF

Rose ging den Kapellenweg entlang. Der alte Geisa saß vor seinem Haus. Zwischen seinen Füßen stand eine Bierflasche. Er hob kurz die bandagierte Hand.

»Haben Sie es gehört? Der Mörder meiner Frau hat sich ein Gewehr besorgt. Er wird weitermorden, wenn man ihm nicht das Handwerk legt.«

»Wir tun unser Bestes«, sagte Rose, er war vor dem Gartenzaun stehen geblieben.

»Die Leute hier sind auf der Suche, und wehe dem Kerl, sie finden ihn.«

»Ich verstehe Ihren Schmerz, Herr Geisa, aber das macht Ihre Frau auch nicht wieder lebendig.«

Der Alte bückte sich und nahm mit beiden Händen die Bierflasche auf. »Sie verstehen gar nichts.«

Im Grunde hatte er recht, dachte Rose, er verstand nichts. Er hatte keine Ahnung, weshalb Frau Geisa ermordet worden war, und konnte sich auch keinen Reim auf den Gewehrdiebstahl machen. Er hatte nur ein Gefühl. Und dieses Gefühl sagte ihm, dass die Sache noch lange nicht durchgestanden war.

»Würden Sie mir bitte noch einmal genau schildern, wie der Morgen ablief?«

Geisa blickte Rose mit aufgerissenen Augen an. »Als Anna starb?« Er nahm einen tiefen Schluck aus der Bierflasche, dann sah er das Tal hinauf, Richtung Garten. »Es waren die Vögel, die mir zuerst auffielen. Ganz unruhig waren die. Dann der Rauch. Der wurde immer stärker. Ich wollte nachsehen, was los ist, und da brannte der Schuppen lichterloh.«

»Hatten Sie in letzter Zeit Meinungsverschiedenheiten?«

Alois Geisa lachte kehlig. »Die Leute reden, was? Wir waren oft wie Hund und Katz. Das stimmt.« Sein Kopf ruckte zu Rose. »Sie denken doch nicht, dass ich …? Anna! Meine eigene Frau?«

Er stand auf und ging Richtung Tür. Rose rief ihm nach. Doch der Mann verschwand wortlos in seinem Haus.

Als Rose weiterging, sah er eine Bewegung hinter den Gardinen gegenüber. Frau Sonntag war auf ihrem Posten.

Er passierte den Garten und schlug den Weg zur Kapelle ein. In kurzen Wellen schob sich ein Dröhnen über die Wipfel. Ein Hubschrauber näherte sich und zog eine Schleife über dem Dorf. Aufgebracht rätschte ein Eichelhäher vor Rose in einer hohen Buche. Er ging an dem Gartengrundstück vorbei und blickte auf die verkohlten Trümmer des Schuppens, dann nahm er den Weg, der den Hang hinaufführte.

Anna Geisas Tod und der Gewehrdiebstahl hatten sicher etwas miteinander zu tun. Die schnelle Aufeinanderfolge der Ereignisse, die räumliche Nähe. Unabhängig von dem Mord, war sich Rose sicher, hätte ein Einbrecher ein anderes Objekt gesucht, da zurzeit die Polizei in der Gegend zu präsent war. Aber was war es, das Anna Geisa und Karl Barnabas verband?

Es waren Menschen aus verschiedenen gesellschaftlichen Schichten, eine Frau vom Land, ein wohlhabender Mann aus der Stadt, der als Aussteiger kam und kaum Kontakte im Ort pflegte. Wo war die Verbindung? Oder gab es doch keine? Zufall?

Schnell schritt er durch das Waldstück, und bald sah er vor sich auf der Kuppe die Kapelle liegen. Der Transporter der Spurensicherung parkte auf dem Hof, dahinter der Kombi des jungen Barnabas. Klaus Bolander stand vor der Stalltür und streichelte Anton den Hals. Als er Rose kommen sah, kam er ihm entgegen.

»Wir sind beinahe fertig hier. Der Kollege nimmt gerade die Fingerabdrücke von Barnabas und seinem Sohn.«

»Irgendetwas Auffälliges?«

»Eine Sache, vielleicht. Die Tür war nicht abgeschlossen, nur zugezogen, daher leicht aufzuhebeln. Der alte Barnabas behauptet aber steif und fest, dass er die Tür verriegelt hätte. Aber er würde so manches behaupten, meinte ein Kollege. Es ist auch nicht das erste Mal, dass er einen Diebstahl zur Anzeige bringt. Meist sind es irgendwelche Kleinigkeiten. Einmal sei ihm die Teekanne geklaut worden.« Bolander lachte kurz und pochte mit dem Zeigefinger gegen die Stirn. »Aber eine Schusswaffe ist natürlich eine andere, unschöne Sache.«

Rose betrat die Kapelle. Karl Barnabas saß am Tisch in der Mitte des Raumes. Der Kollege packte den Handabdruck-Scanner zusammen. Im Kamin an der rückseitigen Wand brannte ein Feuer. Dieter Barnabas kam die Treppe herunter, die den eingezogenen Holzboden mit dem Erdgeschoss verband. Oben wird sich der Schlafraum befinden, dachte Rose, da unten kein Bett zu sehen war. Links von ihm waren die Hängeschränke über der Küchenzeile geöffnet, Geschirr stand kreuz und quer auf der Ablage, auf der rechten Raumseite lag ein Großteil der Bücher vor dem Regal am Boden.

Irgendetwas machte Rose stutzig, er wusste aber nicht, was es war. Er blickte sich in der Unordnung, die der Einbrecher hinterlassen hatte, um. Etwas war anders.

»Oben ist alles in Ordnung«, sagte Dieter Barnabas.

Der Alte schlug mit der Faust auf den Tisch. »Alles in Ordnung? Dunkle Gestalten schleichen hier herum und schrecken nicht davor zurück, meine Sauer 90 zu klauen. Und du sagst lapidar daher: Alles in Ordnung. Nichts ist in Ordnung. Sie rücken näher. Alles in Ordnung, was?«

Der Sohn begann, die Bücher vom Boden aufzuheben und in das Regal zu stellen.

Rose trat an den Tisch. »Herr Barnabas. Wer könnte die Waffe entwendet haben?«

»Ich sagte es doch gerade: die dunklen Gestalten.«

»Und wer sind die?« Rose sah, wie der Sohn den Kopf sachte schüttelte.

»Vorgestellt haben sie sich noch nicht bei mir. Ständig rennen Polizisten über meinen Hof, und vor ihren Augen brechen die bei mir ein.«

Barnabas steckte sich eine Zigarre an. »Hol eine Flasche Wein im Schuppen, eine von den Franken.«

Sein Sohn hielt in seiner Tätigkeit kurz inne, dann stellte er ein weiteres Buch in das Regal.

Der Alte wendete sich ihm zu. »Hörst du nicht? Ich bat dich, eine Flasche Wein zu holen. Sei so gut.«

Rose blickte dem jüngeren Barnabas hinterher, als der mit rundem Rücken die Kapelle verließ. Die Kollegen der Spurensicherung packten ihre Koffer in den Transporter.

»Trinken Sie ein Glas Wein mit mir, Herr Inspektor? Auf den Schrecken.« Barnabas deutete mit der Zigarre auf Rose.

»Wir fahren jetzt«, sagte Rose und ging nach draußen.

Hinter sich hörte er ein kurzes Lachen.

***

Er hatte sie eine Woche zuvor in ihrem Garten getroffen.

Ohne Umschweife hatte er ihr gesagt, was er wusste. Wer sein Leben zerstört hatte und auch in ihrem die Sonne herunterriss, damals, als es passierte. Mit dieser Erkenntnis würde er ihren Zorn entzünden, sie damit zu seinem Werkzeug machen. Gemeinsam würden sie zu Würgeengeln werden, sich aufschwingen und die tosende Fackel der Rache entzünden.

Ihr Gesicht war zerrissen, als sie seinen Bericht hörte. Sie taumelte, griff nach hinten, fasste das Regal und lehnte sich dagegen.

»Das kann nicht sein«, hatte sie geflüstert und dann geschwiegen.

Schreien hätte sie müssen, schreien vor Hass und Wut, doch sie schwieg. Er hatte sie rütteln, aufwecken wollen, ihr die Hand reichen zum gemeinsamen Tun, doch sie schüttelte den Kopf, diesen alten, störrischen Schildkrötenkopf.

»Lass die Toten ruhen«, hatte sie leise gesagt, dann hatte sie ihn angeblickt, und er sah kurz den Schmerz in ihren Augen, der in einem hellen See aus Trägheit (oder war es Angst?) versank.

»Lass die Toten ruhen«, hatte sie noch einmal gesagt, diesmal lauter, bestimmt. Sie hatte sich aufgerichtet und ihm die Hand auf die Schulter gelegt. Er machte sich los und stürzte aus dem Stall, ein Huhn beiseitetretend.

Als er in den Wald rannte, hörte er sie rufen, oder war es das Gackern der Hühner? Er war zwischen den Bäumen umhergelaufen, ziellos durch den diesigen Wald. Mit den Händen hatte er Laub zusammengescharrt und sich in dieses grabkühle Bett fallen lassen. Er wusste nicht, wie lange er umhergelaufen war, wie lange er im Laub gelegen hatte, aber er hatte gewusst, was zu tun war.

Eine Woche später war er wieder da gewesen. Er hatte sie zur Rede gestellt. Doch sie sagte erneut, dass er die Toten ruhen lassen solle. Lange hatte er nachgedacht und alles vorbereitet, so hatten diese Worte ihr Schicksal besiegelt. Endgültig. Unverrückbar. Zu seiner Verwunderung hatte sie sich gewehrt, als er ihr die lange Klinge in den Leib rammte. Aber das änderte nichts mehr.

Tot oder lebendig würde sie ihm helfen müssen.

***

Barnabas erwachte von der Stille. Er lauschte. Kein Geräusch, kein Vogel war zu hören, nur das Fiepen in seinem Ohr, das sein ständiger Begleiter war. Manchmal wurde es stärker, dann brachte es den Kopfschmerz mit. Sein Sohn hatte ihm geraten, zum Arzt zu gehen. Er hatte ihn ausgelacht.

Die Ärzte! Was wussten die schon? Kein Arzt würde ihn zu Gesicht bekommen; die machten einen nur krank mit ihrem Gift. Lieber würde er taub werden, als sich in die Hände dieser Aasgeier zu begeben.

Er zog die alte Cordhose an, streifte einen Pullover über das schlafwarme Unterhemd. Dann ging er nach unten. Im Wohnraum der Kapelle war es dunkel. Die Vorhänge hielten das Licht, den Tag, die Blicke fern. Er riss den schweren Stoff beiseite, und das Licht stürzte in den Raum. Im Kamin war noch Glut vom Vorabend. Er legte ein paar Späne darauf, ging zu der steinernen Spüle, goss Wasser in den Teekessel und stellte ihn auf den Herd. Dann entriegelte er die Tür, sicherte mit zusammengekniffenen Augen nach draußen und trat vor die Kapelle.

Der Morgen war ruhig und licht. Die Sonne war vor einer Stunde aufgegangen, doch der Platz vor der Kapelle lag noch im Schatten. Barnabas ging zum Schuppen. Etwas Dunkles hing an dessen Tür. Er ging schneller, dann rannte er. Vor der Tür blieb er stehen und hob mit schwerer Gebärde die Hand. Langsam strich er über die glänzenden Flügel seines Hahns. Sein stolzer Hahn, der Italiener.

Jemand hatte ihm durch die Augen einen Nagel getrieben, ihn an das Türholz gehämmert. Ein Tropfen Blut am Schnabel leuchtete in der Morgensonne auf, die gerade über die Baumwipfel kam.

Barnabas riss den Hahn von der Scheunentür los und drückte ihn an sich. Anton rumpelte dumpf von innen gegen das Holz und schnaubte aufgeregt.

»Was wollt ihr von mir?« Barnabas schrie in den Wald.

Eine Amsel strich erschrocken zeternd ab. Der Teekessel pfiff vom Herd herüber. Schrill, anhaltend. Am Himmel zog ein fernes Flugzeug. Sein Kondensstreifen furchte einen Riss ins Blau. Ein Specht hämmerte gegen einen toten Baum auf der Suche nach Nahrung.

DREIZEHN

Rose stand am Fenster seines Apartments. Auf dem nächtlichen Main zog ein gewaltiger schwarzer Körper vorüber. Auf dem Dach des Frachtschiffes drehte sich die Radarantenne wie ein riesiger Schild. Rose beneidete den Schiffer um sein Losgelöstsein, die Möglichkeit, einfach allem davonfahren zu können. Allein, auf der Kommandobrücke mit den blinkenden Armaturen, fern der Welt, ein einsamer Wanderer auf dem dunklen Fluss.

Das letzte Glas trank Rose auf einen Zug, dann stellte er die Weinflasche zu den anderen neben die Tür. Er verspürte Lust zu rauchen. Kein Kleingeld, keine Zigaretten, stellte er beinahe erleichtert fest. Nachdem er durch die Programme gezappt hatte, ohne auf eine Sendung zu stoßen, die ihn interessiert hätte, versuchte er zu schlafen. Er wälzte sich in seinem Bett, fand keine Ruhe.

Bilder trieben durch seinen Kopf wie Eisschollen auf einem Winterfluss: sperrig, an den Rändern gebrochen, sich übereinanderschiebend, um wieder abzutauchen und in unbestimmten Tiefen zu verschwinden.

Er sah seinen Vater im Nebel, an der Hand Lisa, die er nie hatte kennenlernen können, ein Hubschrauber flappte durch sein dämmriges Bewusstsein, ein Wesen rannte durch einen dunstigen Wald, halb Mensch, halb Tier, verfolgt von einer Hundemeute, er selbst stand an einer Straße, die eine endlose Ebene durchschnitt, und Barnabas raste auf einer Kutsche vorüber, auf vier glutäugige Rappen peitschend, dabei lachte er ein irres Lachen.

Rose schreckte verschwitzt hoch. Die Baumkronen vor seinem Fenster reckten ihre Äste in einen müden Herbsthimmel. Er stolperte in die Dusche, um den Nachtschweiß und das Hämmern im Kopf wegzuwaschen.

Als er am Morgen in sein Büro kam, blickte Böhm kurz auf die Uhr.

»Sagen Sie schon, wie spät es ist.« Rose setzte sich an seinen Schreibtisch und rieb sich die Schläfen.

»Grüner Tee.«

»Danke. Nichts im Moment.«

»Das Teepulver an den Eierschalen stammt von unfermentiertem Tee. Grünem Tee«, sagte Böhm.

Wie kam grüner Tee an die Eierschalen? Und wie kamen die Eierschalen in den Wald? Er war die ganze Zeit davon ausgegangen, dass die Schalen aus Geisas Stall stammten, aber wo sollte der Tee dann herkommen?

Grüntee aus dem Himalaja, dachte er und schüttelte den Kopf. »Das kann auch Zufall sein.«

»Dann hätte ich mir nicht die Mühe machen müssen nachzufragen.«

»Nein, nein«, beeilte sich Rose zu sagen, »das war schon wichtig.«

»Wir haben auch die Ergebnisse der Untersuchung im Falle Waffendiebstahl Barnabas. Im Haus oder wo immer der wohnt, sind nur Fingerabdrücke von Barnabas und seinem Sohn, das war es. Der Täter muss Handschuhe getragen haben.«

Gewitterwolken ziehen auf. Rose dachte an die Worte von Tobias Finten.

»Da ist irgendetwas im Gange. Ich frage mich, wozu das Gewehr gestohlen wurde.« Rose strich über seine Augen. »Irgendetwas passt da nicht zusammen.«

»Möchten Sie auch einen Kaffee?« Böhm schenkte zwei Tassen aus einer Thermoskanne voll und stellte eine auf Roses Schreibtisch.

Eigentlich hatte Rose nichts gewollt. Er griff nach der Tasse.

»Haben Sie zufällig Zigaretten?«

»Mein lieber Rose. Ich rauche nicht, seit wir uns kennen, und habe nicht vor, mir dieses Laster aufzuhalsen. Aber was soll nicht zusammenpassen?«

»Nehmen wir an, die Tat war nicht geplant. Als der Gesuchte Hühner klauen wollte, erwischte ihn Anna Geisa, er erstach sie, warum auch immer. Im Affekt, nehme ich an. Wäre der Mord geplant gewesen, hätte der Täter sicher Handschuhe getragen. Denken Sie an die Eierschalen und die Fingerabdrücke darauf. Jetzt muss er sehen, dass er nicht erwischt wird. Also wird er nicht auch noch einen Einbruch in unmittelbarer Umgebung bewerkstelligen. Falls er wirklich das Gewehr gestohlen hätte, dann auch ohne Handschuhe, denn wir haben bereits seine Fingerabdrücke, und er wird sowieso gesucht. Warum sollte er einen Gewehrdiebstahl vertuschen, wenn wir ihn wegen Mordes suchen?«

»Klingt plausibel. Andererseits weiß er ja nicht, dass wir seine Fingerabdrücke auf den Eierschalen gefunden haben. Aber wenn der Mörder das Gewehr wirklich nicht gestohlen hat, wer hat es dann?«

»Ich habe keine Ahnung, und das macht mir Angst.« Rose stand auf. »Ich muss an die frische Luft. Falls mich jemand sucht, ich fahre mit dem Linienbus nach Jakobsthal.«

»Sie wollen zum Bahnhof laufen und dann auf den Bus warten, um in den Spessart zu fahren?«

»Genau.«

»Soll ich nicht den Fahrdienst verständigen?«

»Ich muss nachdenken.«

Gegen vierzehn Uhr hielt der Bus in Jakobsthal.

Fintens Hof war leer. Rose entdeckte in dem Gerümpel weder die Waschmaschine, an der Tobbi herumgeschraubt hatte, noch lag der Roboter in seiner Ecke. Er schlug den Weg zur Kapelle ein. Als er Geisas Haus passierte, hörte er ihn rufen, dann kam der Alte zum Zaun.

»Es war eine Woche vor ihrem –«, er hielt kurz inne, »– bevor es passiert ist. Anna kam aus dem Garten und war anders.«

»Wie, anders?«

»Traurig, gereizt, was weiß ich, anders eben. Ich fragte nach, aber sie redete nicht darüber. Irgendetwas muss passiert sein im Garten«, sagte Alois Geisa.

»Eine Woche bevor sie ermordet wurde?«

»Ja, so ungefähr.«

»Ist Ihnen noch etwas aufgefallen?«

»Nein.«

Als Rose weitergehen wollte, hob Geisa die bandagierte Hand.

»Sie begann wieder von der Kleinen zu reden.«

Rose blickte ihn fragend an.

Geisa schluckte, er vermied, Rose in die Augen zu sehen.

»Wir hatten eine Ziehtochter. Sie kam aus keinem guten Haus, und wir waren so was wie Ersatzeltern oder Großeltern.« Er lächelte. »Aber die Kleine ist schon vor vielen Jahren gestorben. Wir redeten eigentlich nicht mehr darüber, es tat Anna immer noch weh. Aber in der letzten Zeit sprach sie wieder davon.«

Rose hörte einen Dieselmotor sich nähern. Er blickte in Richtung des Waldes. Auf der Teerstraße kam ein grüner Landrover heran. Am Steuer saß ein Mann wie ein Bär. Groß, massig, grauer Vollbart.

Sie blickten dem Wagen hinterher. Der Wildschweinkopf auf dem Ersatzradschoner glotzte zurück. Rose prägte sich die Nummer ein, um sie später zu notieren.

Als der Wagen verschwunden war, standen sie eine Weile schweigend da, vom Zaun getrennt, dann wandte sich der Alte ab.

»Vielleicht hat Anna gespürt, dass sie stirbt, und wollte noch mal von den alten Geschichten reden.«

Er seufzte. »Wir hatten keine eigenen Kinder. Wissen Sie, wenn man alt wird, ist es schwer, so allein.«

***

Das rechte Rudergelenk quietschte leise. Er würde es nachher ölen müssen. Der nackte Oberkörper war von Schweiß bedeckt. Er stand auf und verließ den Trainingsraum.

Im Flur lag die Bettwäsche, die er am Morgen hatte abziehen müssen, auch sie war feucht von Schweiß. Er schloss die Augen. Helle, bläuliche Dunkelheit.

Er sieht sich im Nachtschatten der Scheune stehen. Unsichtbar. Die Kapellentür öffnet sich, und Karl Barnabas kommt heraus. Die blaue Luft dämpft alle Geräusche, wie ein Becken voller Wasser. Langsam hebt er das Gewehr, die Kapellentür, der Kopf, das Gesicht.

Im Zielstachel sieht er die Augen von Karl Barnabas. Er will dahinterblicken, die Lüge sehen, die Schuld. Doch die Augen leuchten in der Nacht.

Sein Finger legt sich auf den Abzug. Kaltes Metall, langsam zieht er ihn nach hinten. Drückt durch. Der Schuss löst sich, eine Fontäne aus Feuer und Lärm, alles ist hell, er ist geblendet, wieder tönt das Lachen aus der Kapelle.

Er öffnete die Augen. Mit diesem Traum war er am Morgen erwacht. Wieder dieser Traum. Wie oft hatte er ihn geträumt?

Er würde es ihm nicht so leicht machen. Karl Barnabas würde büßen müssen, den Rest seines vertanen Lebens. Er würde ihn in das Fegefeuer treiben, wo er wirklich einsam wäre, umringt von den dunklen Gestalten, die er so fürchtete.

Er würde sein Würgeengel sein auf diesem Weg.

***

Barnabas drückte seine Finger in die weiche Masse, presste und knetete. Dann formte er eine Kugel und schlug den Nudelteig auf das Holzbrett. Er nahm ihn auf, um ihn wieder auf das Brett zu schlagen. Schließlich legte er den Teig in die Schüssel zurück, breitete ein Geschirrhandtuch darüber und wischte die Hände an seiner blauen Schürze ab.

Vor dem Fenster sah er Anton aus dem Wald treten. Er kam gerade von einem seiner Spaziergänge zurück. Anton ging nie weit. Meist kam er nach zehn, fünfzehn Minuten zurück.

Barnabas blickte noch einmal zu dem Pferd hin. Anton sackte leicht mit der Schulter ein, belastete das linke Vorderbein nur kurz. Barnabas rannte nach draußen.

»Anton, was hast du denn? Du läufst ja wie eine Schindmähre auf dem Weg zum Schlachter.«

Er tätschelte Antons Hals und fuhr mit der Hand das Bein

entlang. Am Huf angekommen, griff er um den Knöchel und drehte die Unterseite des Fußes nach oben. Am Ende des Strahls hatte Anton sich einen Nagel eingetreten.

Barnabas tastete den Huf ab. Das Horn um den Nagel war weich, die Verletzung musste schon älter sein. Er führte das Pferd vor den Stall, ließ es mit hängenden Zügeln stehen und rannte hinein. Mit einer Zange in Händen kam er augenblicklich zurück und riss den Nagel aus dem Hufhorn. Eine zähe, gelbliche Masse, mit blutigen Flüssigkeitsfäden durchzogen, füllte den Wundkanal, tropfte heraus.

Barnabas setzte den Fuß vorsichtig ab und brachte Anton in den Stall. Er tätschelte mit der flachen Hand die Schulter des Pferdes, ging in den eingezäunten Gemüsegarten hinter dem Schuppen und grub ein paar Beinwellwurzeln aus. Er lief in die Kapelle, schälte die Wurzeln und schnitt das Mark klein. Aus diesem kochte er einen Sud und bestrich ein Handtuch damit. Dann packte er den Huf bis zum Karpalgelenk in das Tuch und fixierte es mit einem Gewebeband.

Am Nachmittag war der Fuß vom Kronsaum bis zum Ellbogen heiß angeschwollen. Barnabas tränkte ein Laken in kaltem Wasser, wickelte es um das Bein. Alle fünfzehn Minuten wechselte er den Umschlag. Anton stand da mit hängendem Kopf, Speichel tropfte fadenziehend aus seinen Nüstern.

»Morgen hole ich den verfluchten Tierarzt«, sagte Barnabas und kraulte Antons Ohr.

Das Pferd hob den Kopf und schnaubte. Barnabas blickte nach draußen. »Bekommen wir Besuch?«

Auf dem Weg näherte sich ein Fußgänger. Barnabas erkannte den Mann von der Mordkommission. Er schloss hinter sich die Stalltür und ging über den Hof. Vor der Kapelle trafen sie zusammen.

»Ich wollte noch mal mit Ihnen reden«, sagte Rose.

»Sonst wären Sie nicht hier.« Barnabas zog die Tür zur Kapelle auf, zögerte. »Ich überlege, ob ich das Tor nur angelehnt hatte. Im Laufe des Tages musste ich mehrmals zwischen Haus und Stall hin- und herlaufen.«

Rose stand hinter ihm und blickte in den Saal. Auf dem mächtigen Tisch lag ein Gewehr.

Barnabas starrte Rose an, als dieser in die Kapelle trat und den Repetierer in die Hand nahm. Rose drehte ihn und suchte die eingravierte Modellbezeichnung. Kurz vor dem Vorderschaft entdeckte er die geschwungene Gravur.

»Sauer 90. Das ist doch das Gewehr, das Sie als gestohlen gemeldet haben?«

»Ich weiß nicht, wie die Büchse hierherkommt.« Barnabas sprach mehr zu sich selbst.

Rose legte das Gewehr vorsichtig auf den Tisch. »Samstag hat jemand die Sauer 90 gestohlen, drei Tage später taucht sie wieder auf, wie aus dem Nichts. Merkwürdig, was meinen Sie?«

»Sie kommen näher.« Barnabas ging zum Fenster und blickte hinaus.

»Die dunklen Gestalten?« Rose trat hinter ihn. Barnabas seufzte.

»Hören Sie. Ich weiß nicht, was es mit Ihren dunklen Gestalten auf sich hat und was Sie befürchten. Aber ich denke, Sie sollten darüber reden, vielleicht kann ich Ihnen helfen.«

Barnabas drehte sich um. »Helfen?« Er lachte kurz. »Es gibt nichts zu helfen, Herr Inspektor.«

Rose nahm das Mobiltelefon heraus. »Ich rufe die Spurensicherung. Die sollen das Gewehr auf Fingerabdrücke untersuchen.« Er rief die Nummer auf. »Mist – keinen Empfang!«

»Keine schädlichen Funkwellen, hier wird man zumindest nicht verstrahlt«, sagte Barnabas lächelnd.

»Ich werde vom Dorf aus telefonieren. Lassen Sie die Waffe liegen.«

»Ich muss zu Anton. Er ist krank.«

Sie verließen die Kapelle. Barnabas steckte den großen Torschlüssel ins Schloss und drehte ihn mehrmals herum. Dann gingen die beiden Männer zum Stall hinüber.

»Ein schwarzer Tag«, sagte Barnabas. »Mein Hahn ist tot, Anton ist krank. Und die dunklen Gestalten sind nahe.«

»Der schöne Italiener ist gestorben?«

Barnabas deutete auf sein Auge. »Sie haben ihm einen Nagel durch die Augen geschlagen. Ich fand ihn gestern Morgen, drüben an der Tür zum Stall. Sie kommen immer näher.«

***

Rose wusste nicht, was er sagen sollte. Er wusste nur, dass hier etwas passierte, was nicht passieren sollte.

»Das tut mir leid.«

Barnabas stieß einen Luftstoß aus.

»Das ergibt alles keinen Sinn, oder ich sehe ihn nicht.« Rose verspürte leichte Kopfschmerzen.

»Suchen Sie etwa einen Sinn?« Barnabas lachte kurz auf.

»Sinn, Motiv, Antrieb. Nennen Sie es, wie Sie wollen«, sagte Rose.

»Der Herr Inspektor: ein Sinnsucher. Suchen Sie im Leben gar einen Sinn? Ich sage Ihnen, diese Welt ist nicht für den Menschen gemacht. Sie ist entstanden ohne den berühmten göttlichen Finger, glauben Sie mir. Es gibt nichts Gleichgültigeres als das Universum mit seinen planetarischen Einsprengseln. Nichts ist gelenkt, alles ist Zufall. Sie, ich, der König und der Dieb, wir alle bekommen vom blinden Schicksal die Glücks- oder Unglückskarten zugespielt. Was wir daraus machen, liegt an uns. Aber dieses Spiel auf Leben und Tod hat uns von Anfang an als Verlierer auserkoren, denn dem Tod entgeht niemand. Und was ist dieses bisschen Leben schon anderes als ein Warten auf das vorbestimmte Ende und sich dabei die Zeit zu vertreiben?«

»Es kommt darauf an, wie man sich die Zeit vertreibt. Nägel durch Hähne schlagen ist sicher kein ungelenktes, zufälliges Tun.«

Barnabas winkte ab und öffnete die Stalltür.

»Im Dorf kam mir ein grüner Landrover Defender entgegen«, sagte Rose. »Aus Ihrer Richtung.«

»Es war niemand hier.«

»Ein älterer, bärtiger Mann. Hinten am Wagen als Ersatzradschoner das Bild eines Wildschweinkopfes.«

Barnabas blieb stehen. »Gerhart! Er war Monate nicht hier, auch heute nicht.«

»Wer ist das?«

»Ein alter Freund. Eigentlich. Aber er spinnt in letzter Zeit. Ich habe ihn rausgeschmissen.«

Im Grunde, dachte Rose, konnte der Wagen nur von der Kapelle gekommen sein. Entweder log Barnabas, oder dieser Gerhart war wirklich nicht hier gewesen. Oder aber Barnabas hatte ihn nicht bemerkt, hatte nicht bemerkt, wie er das Gewehr zurückbrachte. Er würde ihm einen Besuch abstatten müssen. Bald.

Rose lehnte sich an die Stalltür und schaute Barnabas zu, wie er das Laken auf dem Rücken des Tieres löste und es von Schulter und Bein abwickelte. Der warme Geruch von Pferd und Stroh war ihm angenehm und machte ihn schläfrig.

»Wie steht es mit ihm?«

»Die Schwellung geht zurück. Gott sei Dank.« Barnabas klopfte Anton auf den kräftigen Hals. Das Pferd schnaubte leise.

»Sie haben mir nichts mehr zu sagen?«, fragte Rose.

»Wo ist Ihr Auto?«

»Ich habe keins.«

»Ach«, sagte Barnabas und wrang das Laken über einem Eimer aus.

»Wie Sie wollen.« Rose löste seine Schulter von der Stalltür, atmete tief durch.

»Dann einen schönen Weg, Herr Inspektor.«

Rose drehte sich noch einmal um. »Wie heißt dieser Gerhart mit vollem Namen?«

»Gerhart Kunkel«, sagte Barnabas und lächelte. »Aber Sie haben sicher sein Nummernschild notiert.«

»Wundert es Sie nicht, dass Ihr Freund hier, in direkter Nähe, herumfährt?«

»Fragen Sie wieder nach dem Sinn, Herr Inspektor?« Barnabas lachte abschätzig und wandte sich wieder dem Pferd zu.

***

Frau Sonntag stand an der Pforte ihres Gartens. Rose hatte den Eindruck, als erwarte sie ihn. Aber sie schien immer jemanden zu erwarten.

»Das ist schön, Herr Rose, nicht wahr, bei diesem Wetter einen Spaziergang zu machen?«

Er blickte auf sein Display: kein Empfang.

»Wo ist denn ein öffentliches Telefon?«

»Das Häuschen hat die Post schon lange abgebaut. Aber Sie können gerne mein Telefon benutzen.«

Rose folgte der Frau ins Haus. Er wählte Böhms Nummer und beorderte die Spurensicherung zu Barnabas, das Gewehr auf Fingerabdrücke zu überprüfen. »Die sollen mich auf dem Rückweg im ›Hirschen‹ abholen, das ist die Kneipe an der Hauptstraße.«

Frau Sonntag rief aus der Küche: »Sie können auch gerne bei mir warten.« Und sie, dachte er, könnte sich neben ihn stellen, dann würde sie besser hören, was er ins Telefon spräche.

Auf dem Tisch warteten bereits Kaffee und Kuchen, daneben lag schwer ein Fotoalbum. Wie komme ich hier nur raus?, fragte sich Rose.

Als er das Haus verließ, saß der alte Geisa vor seinem Schuppen. Der Mann schien ihn nicht zu sehen. Er wartet, dachte Rose, auf das Unmögliche, auf das Vergangene, und dieses Warten kam ihm selbst nachvollziehbar und bekannt vor.

Leichter Dämmer lag über dem Dorf und hatte die Luft blau gefärbt. Der Gemüseladen leuchtete im Schein der Insektenlampe wie ein Tiefseeaquarium, aus den Wohnzimmern flackerte blau das Fernsehlicht. Ihr ewiges Abendgebet, dachte Rose.

»Die blaue Stunde«, hatte sein Vater immer gesagt, »die blaue Stunde gehört mir.« Damit meinte er, dass er am Abend nicht gestört werden wollte. Überhaupt, sagte sich Rose, wollte er nie von ihm gestört werden, der Vater wollte, dass er gut gelaunt funktionierte und ihn nicht behelligte, mit welchen Problemen auch immer.

Im Grunde war er ihm gleichgültig. Das hatte er bereits als

Kind gefühlt und immer wieder versucht, die Gleichgültigkeit zu durchbrechen und an den Vater heranzukommen. Bei all seinen Bemühungen, friedlich oder aufsässig, hatte er nur Verstimmungen oder massiven Ärger heraufbeschworen, doch war dem Kind diese feindliche Aufmerksamkeit unbewusst willkommener als die Ungerührtheit, die von dem unbehelligten Mann ausging. Ein schimpfender und strafender Vater war ihm echter und näher vorgekommen als ein schweigender, lesender, abwesender.

Im Gasthof »Zum Hirschen« bestellte er ein Bier. Es saßen wenige Gäste an den Tischen. Rose bemerkte die Blicke, die Neugierde. Der Wirt stellte das Glas vor Rose.

»Wie hat er denn erklärt, dass das Gewehr wiederaufgetaucht ist?«

»Wer hat was erklärt?«

»Der alte Barnabas. Das Gewehr ist doch wieder da. Aber der findet und verliert immer wieder was.«

»Woher wissen Sie davon?« Rose vergaß, von seinem Bier zu trinken.

»Meine Frau und die Sonntag sind Freundinnen.« Er hielt sich die Hand an sein Ohr, als würde er telefonieren, und lächelte.

»Die Kapelle wird wieder brennen!«

Rose drehte sich nach der krächzenden Stimme um. Ein alter Mann mit milchig weißen Augen hob drohend den Zeigefinger. Er erinnerte Rose an eines dieser vertrockneten Obstmännchen, die es in seiner Kindheit in der Weihnachtszeit gegeben hatte. Zusammengesetzt aus getrockneten Apfelstücken, Zwetschgen, Pfirsichscheiben.

»Maria ging durch einen grünen Wald. Da fand sie einen glühenden Brand. Auf nahm sie den glühenden Brand und sprach: Feuer, du sollst gelöscht sein, ohne Wasser, ohne Wein. In des wahren Herrn Jesu Christi seinem Namen! Amen.«

»Lass gut sein, Hans«, sagte der Wirt, dann setzte er sich zu Rose an den Tisch. »Dort oben hat es nicht nur einmal gebrannt. Das erste Mal erschlug ein Bauer seine Magd, Katharina hieß die. Um seine Bluttat zu vertuschen, wollte er sie verbrennen. Doch Gott legte seinen Finger auf das Maderl, und sie brannte nicht. Daher baute man die Kapelle an die Stelle. Früher hieß sie Katharinen-Kapelle, und viele Pilger kamen, um für Schutz vor Feuer und Blitzschlag zu beten. Bei einem Unwetter schlug ein Blitz ausgerechnet in die Kapelle, und sie brannte herunter, wurde aber wieder aufgebaut. Mit dem Glauben, dass ein Gebet dort vor Blitzschlag hütet, war es natürlich vorbei. So verfiel die Kapelle wieder, bis der Barnabas sie kaufte.«

Es wurde Bier bestellt, der Wirt stand auf. »Und jetzt hat es wieder gebrannt. Nicht weit von der Kapelle. Geisas Schuppen. Und die Anna! Kann doch kein Zufall sein?«

»Das Feuer reinigt die Sünden«, rief der Alte krächzend. »Und ich sage euch, es wird wieder brennen.«

Nach dem dritten Bier holten Rose die Leute von der Spurensicherung ab. Der Transporter fuhr durch die Hauptstraße. Rose war schläfrig. Im Vorüberfahren sah er sie vor dem Tor stehen: Finten und neben ihm der kleine Roboter. Tobias Finten, lang und dünn wie ein Bleistift in seinem geflickten Overall. Er lachte und deutete auf den Roboter. In der Hand hielt er einen kleinen Kasten, an dem er hantierte.

Die Augen des Roboters blinkten rot und grün, und ein kurzes Schütteln lief durch den metallenen Körper, dann hob er einen Arm und winkte. Hat er seinen kleinen Freund wieder flottgemacht, dachte Rose und winkte lachend zurück.

Das Gespräch der Kollegen von der Spurensicherung drang wie ein monotones Rauschen an Roses Ohr. Er saß auf der Rückbank des Transporters und fühlte sich durch das Vibrieren des Motors in den Sitz sinken. Die Heizung war hochgestellt. Der Scheibenwischer quietschte leise.

Rose gähnte, es drängte ihn nach Hause. Er wollte niemanden sehen, mit niemandem reden, nur daliegen, vielleicht Musik hören, lesen, für sich sein. Manchmal brauchte er diese Auszeit.

Er dachte an seine Familie, an Ines und Lisa. Plötzlich kamen ihm Momente in den Sinn, in denen er beinahe wie sein Vater Zeit für sich beansprucht hatte, wenn er von der Arbeit gekommen und müde war. Rose war dann ebenso gleichgültig den Bemühungen seiner Tochter gegenüber gewesen, wie es sein Vater ihm vorgelebt hatte. Nur war der einfach immer so, sagte sich Rose. Und er selbst? Einerseits verstand er seinen Vater ein wenig, andererseits verabscheute er es, gerade diesen Wesenszug übernommen zu haben. Am liebsten hätte er Ines' Nummer gewählt und ihr diese Erkenntnis mitgeteilt. Rose lächelte müde. Zu spät, dachte er, alles vergebens.

Er verabschiedete sich von den Kollegen und stieg an der Mainbrücke aus dem Transporter aus. Im Schein der Brückenbeleuchtung verwimmelten Eintagsfliegen ihr kurzes Leben.

»Hallo, Herr Böhm. Sie sind noch im Büro?« Rose stand am Geländer und lauschte mit dem Mobiltelefon am Ohr dem Außenborder eines Schiffes unter ihm. Kleine Positionslichter schwebten insektenleicht über dem dunklen Strom.

»Ich bin gerade beim Gehen«, hörte er Böhms Stimme als Oberton im abebbenden Rauschen des Außenbordmotors. »Habe noch etwas Ordnung gemacht. Sah ja aus wie nach einem Einbruch.«

»Gibt es etwas Neues?«

»Nichts Neues. Die Suchtrupps sind abgezogen, auch der Hubschrauber wird zurückverlegt. Wie wollen wir weitermachen?«

»Ich weiß es nicht.«

Rose fühlte sich einsam auf dieser Brücke über diesem fremden Fluss. Er musste einem Impuls widerstehen, die Finger zu öffnen und das Mobiltelefon in die Nacht fallen zu lassen, um kurz darauf den leisen Aufschlag auf dem Wasser zu hören.

Die Einsamkeit hatte ihn von der Brücke in sein Zimmer begleitet und sich still, aber bestimmt ausgebreitet. Rose lag auf seinem Bett. Das nächtliche Licht warf dunkle Schatten an die Zimmerdecke. Er dachte an Böhm. Der hatte doch Familie, die auf ihn wartete, weshalb trieb der sich so lange im Büro herum? Ordnung machen, das war doch nur ein Vorwand, um nicht nach Hause zu müssen. Sah aus wie nach einem Einbruch, hatte Böhm scherzhaft gemeint.

Das Licht eines Autoscheinwerfers schob sich wie ein Keil über die Decke. Böhms Worte: Ordnung machen – wie nach einem Einbruch.

Rose richtete sich abrupt auf. Jetzt wusste er, was ihm anders vorgekommen war, als er nach dem Einbruch bei Barnabas in der Kapelle war! Es war eine ordentliche Unordnung gewesen. Die Bücher hatten auf dem Boden gelegen, als hätte man sie drapiert, keine zerrissenen Seiten, keine abgefallenen Buchdeckel. Desgleichen das Geschirr: keine zerbrochenen Teller, Tassen.

Der Einbrecher hatte alles ordentlich auf der Spüle abgestellt, als er den Küchenschrank durchsuchte. Es musste ein ordnungsliebender Täter gewesen sein oder eine Tat der Ordnung halber. Vielleicht eine Finte, ein Täuschungsmanöver? Wollte der Gewehrdieb sein Wissen um den Aufenthaltsort des Schlüssels verschleiern und täuschte einen Einbruch lediglich vor? Hatte Karl Barnabas selbst sein Gewehr entwendet? Und wenn, was bezweckte er damit?

Rose zog die Beine an, er lag wie ein Fragezeichen auf seinem Bett und wartete auf Erkenntnis oder Schlaf.

VIERZEHN

Er lachte. Beinahe grundlos. Nur weil da ein Mädchen war, das ihm gefiel? Ein Mädchen? Wo er sich doch noch nie für Mädchen interessiert hatte. Er tanzte ein Stück den Weg entlang, er, der doch nie tanzte, der selten lachte, wenn, dann leise, zurückhaltend. Und jetzt tanzte er?

Er lachte wieder. Dann murmelte er ihren Namen, sprach ihn laut aus, rief ihn den Vögeln hinterher und hätte ihn am liebsten gegen die Sonne geschleudert.

Was hatte sie mit ihm gemacht, dass er so war, wie er war, so atemlos, so erfüllt, so voller Lachen und Tanzenwollen? Selbst sein Zuhause erschien ihm plötzlich nicht mehr so dunkel, weniger bedrohlich, beinahe erträglich.

Sie war so bejahend, so leicht, so stark. Mit ihr würde er heil werden in seinem Herzen. Sie verstand ihn, hatte sie es doch auch schwer gehabt, dabei, im Gegensatz zu ihm, es leichtgenommen.

Das bewunderte er, das gab ihm Mut durchzuhalten, weiterzumachen, auch wenn er schon oft aufgeben wollte. Jetzt war alles anders. Ein Mädchen war aufgetaucht, das ihm Hoffnung schenkte mit ihrem Lachen, Kraft mit ihrem Mut, Licht, wo zuvor Dunkel war.

Er wollte sie wiedersehen, nein, er musste sie wiedersehen, bald, bald, bald, nur in ihrer Nähe sein, ihr Strahlen, ihr Lachen aufsaugen. Mit ihr reden, schweigen, einfach sein, bei ihr, bei sich. Nur das, und das war schon mehr, als er zu hoffen wagte.

Mehr würde nicht sein, sie war ja so schön, zu schön für ihn, für einen, der still war, verdruckst, mit Pickeln und altmodischen Hosen.

Aber Freund könnte er sein, Kamerad.

Und doch, weit im Innern, in einer Kammer, die er nicht zu öffnen wagte, deren Existenz ihm aber bewusst war, sehr bewusst, da lebte still die Hoffnung, dass vielleicht das Unmögliche möglich werden und sie sich ihm zuwenden könnte, ihm ihre Hand reichte, als Geste, die über reine Freundschaft hinausweisen würde.

***

»Und was sagen sie?«

Böhm platzt fast vor Neugierde, dachte Rose. Er kam gerade zurück von einer Unterredung mit Dienststellenleiter Kriminalrat Mehling und Staatsanwalt Dr. Schneider. Die Fingerabdrücke von den Eierschalen am Tatort waren routinemäßig mit denen in der Kapelle verglichen worden, die nach dem Gewehrdiebstahl gefunden worden waren. Auf den Eierschalen waren die Abdrücke von Karl Barnabas.

»Sie wollten wissen, was ich zu tun gedenke.«

»Und?« Böhms Mund stand einen Spalt weit offen.

»Ich habe es ihnen gesagt.« Rose setzte sich an seinen Schreibtisch.

»Was gedenken Sie zu tun?«

Rose lächelte. Er verschob einige Unterlagen auf der Tischplatte und legte die ungelesenen Zeitungen auf einen Stapel.

»Nichts, denn ich habe noch keinen konkreten Verdacht.«

Helmut Böhm ging nicht auf Roses Antwort ein. Er streckte sich auf seinem Stuhl und verschränkte die Arme hinter dem Kopf.

»Eigentlich ist die Sache doch klar«, sagte er. »Die Fingerabdrücke auf den Eierschalen sprechen eine deutliche Sprache. Dazu kommen die Abdruckfragmente von Jagdstiefeln, wie Barnabas sie trägt. Die Sache mit dem Gewehrdiebstahl sollte nur von ihm ablenken. Dann fand sich niemand, der sein angebliches Alibi lückenlos bestätigen konnte. Er hatte genug Zeit, nach der Tat einen Bogen um das Dorf zu schlagen und rein zufällig am Tatort vorbeizukutschieren, als ihn jeder sah. Geschickt eingefädelt. Soll ich ihn nicht verhaften lassen, was sagt der Chef?«

»Der sagt das Gleiche. Der Staatsanwalt auch.« Rose gähnte und reichte Böhm die Haftanordnung und den Durchsuchungsbefehl für Barnabas' Anwesen. Böhm griff zum Telefonhörer.

»Warten Sie«, sagte Rose. »Ich fahre selbst zur Kapelle und nehme ihn fest. Außerdem glaube ich nicht, dass es Barnabas war.«

»Und die Indizien ignorieren Sie?«

»Lieber Kollege«, sagte Rose, »die Indizien sind meines Erachtens nicht aussagekräftig. Was haben wir denn? Eierschalen am Tatort mit Barnabas' Fingerabdrücken? Glauben Sie, er schleppt Eierschalen an den Tatort?«

»Sind wir nicht davon ausgegangen, dass der Täter eventuell Eier gestohlen haben könnte? Also sind die Schalen von Frau Geisa beziehungsweise von ihren Hühnern.«

»Barnabas hat selbst Hühner. Weshalb sollte er Eier stehlen?«

»Tja«, sagte Böhm. »Und die Stiefelabdrücke?«

»Wir haben nur einen kleinen Teil eines Sohlenabgusses. Schwere Schuhe trägt beinahe jeder, der im Wald zu tun hat.«

Rose ärgerte sich. Er ärgerte sich über die Blindheit Böhms, dahinter steckte sein eigener Missmut gegen den Dienststellenleiter und dessen Verhaftungsanordnung.

»Dann sind auf dem Gewehr Fingerabdrücke, die nicht zuzuordnen sind. Von wem sind die? Und das Motiv? Ich suche ein Motiv bei Barnabas und sehe keines.« Er fuhr mit der Hand durch die Luft, als wolle er seinen Ärger verscheuchen. »Lassen wir das. Ich fahre jetzt los und verhafte Barnabas. Anordnung ist Anordnung.« Rose stand auf. »Haben Sie die Halteradresse von dem grünen Landrover?«

Böhm schrieb etwas auf einen Notizzettel und reichte ihn Rose.

»Gerhart Kunkel, Fuhrunternehmer, wohnt in Sailauf«, sagte Böhm. »Der ist auch Jäger. Ich habe auf der Unteren Jagdbehörde nachgefragt. Ist im Besitz eines gültigen Jagdscheins.«

»Sailauf. Das liegt ja auf der Strecke. Fragen Sie bitte nach, ob Schmitt und H_2O frei sind.«

»Wer bitte?«

»Und schicken Sie das Durchsuchungskommando erst in einer Stunde hinterher.«

Kurz darauf saß Rose auf der Rückbank des Dienstwagens.

»Wir sollen also da raus und einen bewaffneten Mörder festnehmen«, sagte der Fahrer. »Einfach so. Bitte, kommen Sie mit, schießen Sie nicht auf uns, wir haben mit der Sache ja auch nichts zu tun, hier die Handschellen, bitte schön, die Handschellen.«

»Ist ja gut, Rudi. Wird schon schiefgehen.«

»Du hast gut reden, H_2O. Ich habe drei Kinder. Was sollen die denn sagen, wenn ich nicht mehr nach Hause komme? Der Papa hat so einen Verrückten in einer Kapelle festgenommen, da hat der ihn totgeschossen. Pech gehabt, oder wie, einfach Pech gehabt? Was meinen Sie, Herr Kommissar?«

Rose hatte kaum zugehört.

»Wird schon werden«, sagte er, »zuerst zu Gerhart Kunkel in Sailauf.«

»Nicht zur Festnahme?«

»Das hat noch Zeit.«

***

Der erste Kuss. Wie lange hatte er sie umschlichen? Wie viel Zeit hatte er sprachlos in ihrer Nähe verbracht? Nicht gewagt, ihr zu sagen, wie die Sehnsucht fraß in seinem schmalen, schüchternen Körper. Dann bei der Wanderung mit Freunden: Sie hatten im Schnee gebalgt, ihr Gesicht von der Fellkapuze umhüllt, rollten sie im weichen Weiß. Und endlich war ihr Mund so nahe, und er küsste sie, oder küsste sie ihn? Und sie lachte ihr schönes Lachen, ihre roten Lippen. »Ich dachte, du willst mich nie küssen«, lachte sie und küsste ihn.

Und der Kuss war so weich und warm, und sein Herz sprang auf und schrie vor Freude. Und er küsste zum ersten Mal, und das Küssen war ihm wie warme Nahrung. Claudia.

Und später hätte er fast geweint. Er wollte sie nicht gehen lassen, als sie an der Haltestelle saßen, wollte nicht zurück in dieses Haus, so dunkel, wenn der Vater heimkehrte. Angst hatte er immer gehabt vor dem Vater. Keinen Laut duldend, die Türen mussten geschlossen sein, keine Musik, kein Telefon, Stille, wenn der Vater zu Hause war. »Ich brauche meine absolute Ruhe«, schrie er, wenn eine Tür ging, wehe, wenn Schritte im dunklen Flur hallten.

Sie war sein Licht, seine Sonne. Claudia. Mit einem Taschenmesser hatte er ein Herz und ihrer beider Initialen in die alte Buche geschnitzt. Sie waren um den glatten Stamm herumgetanzt und hatten gelacht, dann hatten sie sich geküsst. Er wollte sie immer wieder küssen. Claudia.

»Gleich nach der Lehre ziehen wir zusammen«, hatte er gesagt, und Claudia hatte gelacht. »Raus aus dieser Gruft.«

Sie hatte ihn umarmt und ganz nahe an seinem Ohr geflüstert, dass sie immer bei ihm bleiben wolle.

Der Vater mochte keinen Besuch. Doch Claudia war geduldet. Mehr noch. Wenn sie da war, kam selbst der Vater aus seinem Zimmer, aus seiner düsteren Bibliothek, die nur ihm zustand, und scherzte und war laut und fröhlich. Selbst der Vater mochte sie. Claudia.

Sonst war da nur Stille. Und Dunkel. Keine unnötigen Lichter, kein vermeidbarer Lärm. Nachts lag er unbeweglich in seinem Bett, um kein Geräusch zu machen und den Vater nicht zu reizen. Nachts sehnte er sich nach Claudia. Dann besonders.

Noch ein Jahr Lehre, dann würde er beim alten Ackermann Geselle sein und später den Schusterladen übernehmen. Dann würden sie zusammenziehen, dann würde es licht werden, licht und warm.

Sie liebte den Geruch von Leder und Schuhfett an ihm, steckte ihre Nase in seinen Kragen, dass es ihn erschauderte vor Glück und Erregung. Er roch Zartheit und Rosen an ihr und hinter dem Ohr etwas Süßes, an den Händen Tinte und Marzipan, und später roch er das Versprechen von einem kleinen, wilden, weichen Tier in ihrem Schoß und zwischen ihren kleinen Brüsten.

Und noch immer hatte er den Geruch des ersten Mals in der Nase. Dieses Verhütungsmittel, ein schäumendes Scheidenzäpfchen. Er war so aufgeregt, dass er kaum sprechen konnte. Seine Hände zitterten, als er sie auszog, besser als sie ihn auszog. Claudia.

Danach war es, als würde zum ersten Mal die Sonne wirklich und nur für ihn aufgehen. Es war ein Jubel in ihm, der ihn vor Freude zerreißen wollte. Er küsste sie, sie lachte, sie, die ihn zum Mann gemacht hatte.

FÜNFZEHN

Auf dem weiten, mit Verbundsteinpflaster belegten Hof standen zwei Lkw-Anhänger. Daneben entdeckte Rose den grünen Landrover. Eine Katze rieb sich an einem der Reifen. Sie parkten am Ende des Hofes vor einem weiß verputzten Haus.

Im ersten Stockwerk spannte sich ein massiver, mit Jagdmotiven verzierter Holzbalkon über die gesamte Breite des Gebäudes. In das Holz geschnitzte Hunde rissen einen Hirsch nieder.

Ein Stück entfernt stand eine untersetzte Frau vor einer Mülltonne und rupfte ein Huhn. Die Federn stoben um sie herum, als sie kurz innehielt und zu den Beamten blickte. Rose betrat den Flur, der mit Rehgehörnen vollgehängt war. Er klopfte an eine Tür, an der ein Schild auf das Büro hinwies. Die Sekretärin geleitete Rose in Kunkels Büro. An der Wand hinter dem Schreibtisch breitete ein mächtiger Elch seine Schaufeln aus.

Gerhart Kunkel stand auf, sein Kopf stieß beinahe an das hoch aufgehängte Geweih. Er war groß. Sein grauer Vollbart, der grüne Lodenanzug, die Trophäen von Hirschen und Rehböcken an den Wänden veranlassten Rose zu dem Gedanken: ein Jäger mit Leib und Seele.

Kunkel packte Roses Hand mit festem Griff und schüttelte sie. »Polizei? Ich habe Sie im Wald gesehen. In der Nähe von Barnabas' Kapelle. Sind Sie deshalb hier? Sie wollen wissen, was ich da gemacht habe, nicht wahr? Ich bin also auch verdächtig.«

Angriff ist die beste Verteidigung, kam es Rose in den Sinn. Der Mann lachte. Wie ein Bär, dachte Rose und rieb sich seine Hand.

»Und was haben Sie dort gemacht?«

»Ich war auf dem Weg zu Karl. Zu Barnabas. Wir sind alte Freunde, hatten aber Streit vor ein paar Monaten. Ich wollte die Sache aus der Welt schaffen. Kurz vor seinem Anwesen verließ mich der Mut, und ich drehte um.«

»Sie sehen nicht so aus, als wären Sie schnell zu entmutigen.«

Kunkel lachte laut. »Angst hatte ich nicht, wenn Sie das meinen, eher mangelnde Zuversicht. Barnabas ist ein schwieriger Mensch, und er wohnt zu lange alleine. Kein Regulativ, wenn Sie wissen, was ich meine, niemand, der ihn von seinen Grübeleien abbringt. Er steigert sich in Dinge hinein und glaubt dann, es wäre so, wie er es sich vorstellt. Wie der Geisterfahrer, der sagt: einer? Alle fahren falsch!«

»Worüber haben Sie gestritten?«

Rose kam es vor, als sackte der große Mann unmerklich zusammen. Kunkel kniff die Augen zusammen und strich über seinen Vollbart. »Über nichts Besonderes. Wissen Sie, er ist mein Freund, auch wenn wir momentan nicht zueinanderfinden. Ich glaube, er suchte Streit. Warum, weiß ich nicht. Fragen Sie besser ihn.«

»Wo waren Sie Sonntag und Montag?«

»Sonntag war ich mit meinem Enkel im Schönborner Hof in der Stadt. Da ist das Naturkundemuseum. Mein Enkel ist ganz verrückt nach den Käfern und Schmetterlingen dort. Ich glaube, die haben da die größte Wanzensammlung überhaupt. Interessieren Sie sich für Wanzen?«

»Natürlich. Haben Sie den ganzen Tag im Museum verbracht?«

»Nachmittags war ich zu Hause mit meiner Familie. Die Kinder waren da. Am Abend bin ich auf den Ansitz. Die Sauen machen viel Schaden. Montag war ich den ganzen Tag im Büro. Abends hier. Ich habe mit meiner Frau einen Dokumentarfilm gesehen. Über die Kodiak-Bären.«

»Waren Sie allein auf der Jagd?«

Kunkel nickte. »Es gibt Dinge, die man allein macht.«

Roses Blick wurde von einem der gerahmten Fotos angezogen, die zwischen den Geweihen hingen. Auf dem Bild standen vier Männer beisammen, zu ihren Füßen lagen ein paar Wildschweine. Rose kannte drei der Männer.

»Der da zwischen Ihnen und Karl Barnabas steht, ist doch sein Sohn. Ist der auch ein Jäger?«

»Das ist der junge Barnabas. Richtig. Dieter jagt auch, ist aber nicht wirklich passioniert. Er hat den Jagdschein mehr für seinen Vater gemacht. Die zwei hängen arg aneinander. Brauchen sich gegenseitig. Dieter hat sich nie ganz abgenabelt.«

»Haben Sie vor, die nächste Zeit zu verreisen?«

»Bin ich doch verdächtig?« Sein Lachen rumpelte durch den Raum. »Keine Angst, ich gehe nicht auf Reisen. Bin hier, wenn Sie mich brauchen.«

Rose warf einen Blick auf die anderen Bilder. Dieselben Personen tauchten immer wieder auf, in verschiedenen Konstellationen, dazu andere Jäger, ganze Gesellschaften, zu ihren Füßen tote Tiere.

Irgendetwas war ihm entgangen, dachte Rose, als er sich verabschiedet hatte. Er ging über den Parkplatz zu dem Dienstwagen. Es hatte mit dem Foto zu tun. Er würde das Bild noch einmal genauer untersuchen müssen.

Rose hatte den Kopf an die Fensterscheibe gelehnt. Draußen rauschte der Herbstwald vorüber. Es war ihm nicht wohl bei dem Gedanken, Barnabas verhaften zu müssen. Die Beweislage reichte in keiner Weise aus, aber Dienststellenleitung und Staatsanwaltschaft hatten ihren Kettenhund losgebunden. Und er war in diesem Fall der hechelnde Hund, der zu gehorchen hatte.

Was war mit diesem Gerhart Kunkel, dem er gerade einen Besuch abgestattet hatte? Kunkel war ein recht sympathischer Typ, aber seine offensive Art machte Rose stutzig. Was hatte er wirklich in der Nähe von Barnabas' Anwesen gewollt? Hatte er das Gewehr zurückgebracht? Die Fingerabdrücke darauf waren nicht registriert, konnten sie zu Kunkel gehören?

Ohne weitere Verdachtsmomente würde er ihm nicht einfach Fingerabdrücke abnehmen können, es sei denn, er fragte ihn, ob er sie bei der Sache unterstützen wollte, und Kunkel gab sie freiwillig ab.

Rose schloss die Augen, er versuchte sich an das Foto zu erinnern, auf dem Kunkel und die beiden Barnabasse neben einem vierten Mann zu sehen waren. Er wunderte sich, dass Dieter

Barnabas auch Jäger war, so weich und nachgiebig, wie er ihm vorgekommen war, nicht wie ein Mann, der mit dem Gewehr hinter Wildschweinen herlief.

Der Wagen fuhr durch den Kapellenweg. Alois Geisa saß auf seiner Bank, Frau Sonntag stand daneben und winkte den Beamten munter hinterher.

Sie passierten den Garten hinter dem Dorf. Die rot-weißen Absperrbänder flatterten im Wind. Dann kamen sie in den geschlossenen Wald, der Weg führte bergan, das Laub rauschte unter den Rädern, wirbelte auf.

Ein Eichelhäher schoss vor dem Wagen vorüber, Blätter schaukelten von Bäumen. Kurz darauf endete der Wald, ein Stück über ihnen lag die Kapelle auf dem freien, baumumstandenen Platz.

Polizeihauptmeister Rudi Schmitt bremste am Rand der gekiesten Fläche und drehte den Schlüssel um. Der Motor erstarb.

»Gehen Sie ein bisschen spazieren. Ich möchte erst mit Barnabas reden.«

»Sollen wir nicht gleich mit?« Hasenstab kratzte sich am Kinn.

Rudi Schmitt packte seinen Arm. »Du hörst doch, was der Kommissar gesagt hat. Los, H_2O, gehen wir spazieren.«

Rose näherte sich der Kapelle. Die Tür öffnete sich, und Barnabas kam heraus.

»Diesmal mit dem Wagen, Herr Inspektor?«

»Ich wollte mit Ihnen reden.«

»Kommen Sie herein, ich habe Tee gemacht.« Er verschwand in der Kapelle.

Roses Muskeln spannten sich unwillkürlich, als er die Flinte auf dem Tisch liegen sah. Barnabas bemerkte sein Zögern und den Blick auf die Waffe.

»Die dunklen Gestalten. Ich will bereit sein, wenn sie kommen.«

Er ging zur Küchenzeile, um ein weiteres Glas zu holen.

Schnell schritt Rose zum Tisch, nahm die Flinte und drückte den Verschlusshebel zur Seite, knickte das Laufbündel und ließ die beiden Schrotpatronen in seine Hand gleiten. Die Patronen legte er neben die Flinte auf den Tisch. Barnabas lächelte und goss Tee ein.

»Nehmen Sie Platz und fragen Sie.«

Rose entspannte sich. Vor ihm lag die gebundene Ausgabe des Don Quijote.

»Sie lesen es gerade?« Sofort bereute Rose seine Frage. Was sollte Barnabas sonst tun mit dem Buch auf dem Tisch?

»Ich lese es immer wieder. Es ist sozusagen meine Hausbibel. Bei unserem ersten Treffen sagte ich Ihnen bereits, dass dies der Roman der Romane ist. Ein großartiges Buch.«

»Wurde die Urheberschaft Cervantes' nicht angezweifelt?« Rose trank etwas von dem bitteren Tee.

Barnabas blickte auf und musterte Rose.

»Nicht wirklich«, sagte er dann. »Cervantes beabsichtigte vielmehr, die Frage der Autorschaft zu verschleiern, um nicht mit dem Helden der Geschichte gleichgesetzt zu werden. Der Don Quijote ist ein Teil, ein Aspekt Cervantes'. Der Ritter von der traurigen Gestalt verkörpert die ungelebten Ideale, die Romantik und die Tugendhaftigkeit, die Cervantes als Mensch bewunderte, aber in seiner chaotischen Zeit nicht ausleben konnte. Dafür schickte er seinen Don Quijote ins Feld. Dieser kämpft stellvertretend für Cervantes gegen das Schlechte und Niedere, aber auch gegen Windmühlen und Schafherden, also gegen seine eigenen Schwächen und Irrungen. Ist es nicht in jeder wahrhaftigen Literatur so, dass der Protagonist ein Abbild seines Schöpfers ist? Ich meine nicht diese modernen Schundromane, Liebesgeschichten oder blutrünstigen Krimis, nein, ich spreche von der ernsthaften Literatur, von den Klassikern. Denken Sie an Dostojewski. Seine ›Brüder Karamasow‹ standen für die dunkle Seite Dostojewskis. Es geht ja im Grunde um einen Vatermord. Stellvertretend töten die Romanfiguren den Vater, den Dostojewski in der Realität so hasste. Oder Kafkas ›Verwandlung‹! Was ist der Käfer anderes als Kafkas dunkle, verdrängte, tierische Seite? Sein Schatten-Ich. Oder Superman, diese Comicfigur. Er ist der strahlende Held, der bessere Teil Clark Kents und damit seines Zeichners. Der Wunsch eines schwächlichen Durchschnittsbürgers, größer, stärker, besser zu sein. Alles Sublimierung.«

Rose versuchte vergebens, ein Lächeln zu unterdrücken. »Ich hätte nicht gedacht, dass Sie Superman lesen.«

Barnabas blickte Rose tadelnd an. »Ich lese keinen Schund. Ich wollte Ihnen nur klarmachen, dass dieses Prinzip der Literatur innewohnt und selbst in ihren Niederungen Bestand hat.«

Barnabas stand auf. »Ich mache noch einen Tee.«

»Darf ich kurz reinlesen?«

Rose griff zu dem Don-Quijote-Band.

Barnabas hatte sich bereits umgedreht, um zur Spüle zu gehen. Rose blickte ihm hinterher, sah, wie Barnabas den Teefilter zu anderen Küchenabfällen in eine silbern glänzende Schüssel entleerte, dann öffnete er das Buch. Als Lesezeichen diente ein gefalteter Zettel, den Rose zur Seite legte, bevor er zu lesen begann.

Kurz, er verstrickte sich in seinem Lesen so, dass er die Nächte damit zubrachte, weiter und weiter, und die Tage, sich tiefer und tiefer hineinzulesen; und so kam es vom wenigen Schlafen und vielen Lesen, dass sein Gehirn ausgetrocknet wurde, wodurch er den Verstand verlor. Er erfüllte nun seine Phantasie mit solchen Dingen, wie er sie in seinen Büchern fand, als Bezauberungen und Wortwechsel, Schlachten, Ausforderungen, Wunden, Artigkeiten, Liebe, Qualen und unmögliche Tollheiten. Er bildete sich dabei fest ein, dass alle diese erträumten Hirngespinste, die er las, wahr wären, sodass es für ihn auf der Welt keine zuverlässigere Geschichte gab.

Rose zuckte zusammen. Hinter ihm schepperte Geschirr zu Boden. Eine Tasse musste zu Bruch gegangen sein, schloss Rose aus dem Geräusch und dem kurzen Fluch von Barnabas, der hinterherklirrte.

Er griff das gefaltete Papier, um es wieder in das Buch zu legen, zögerte, blickte kurz zu Barnabas, der die Scherben aufkehrte, und klappte die Seite auf. Es war die Kopie eines alten Zeitungsartikels.

Die unterstrichene, fett gedruckte Überschrift lautete: »Sexualmord in der Fasanerie!«

Rose las, dass ein junges Mädchen auf dem Heimweg vom Volleyballtraining überfallen und vergewaltigt und anschließend erwürgt worden war. Der Hund eines Spaziergängers hatte die entkleidete Leiche in einem Gebüsch gefunden, und der Mann verständigte die Polizei. Die Kripo bat um Mithilfe und fragte, wer das Mädchen an besagtem Abend gesehen hätte oder ob ein Mann, der sich auffällig benahm, beobachtet worden wäre. Rose legte das Papier zusammen und steckte es in das Buch.

Jetzt wusste er, wo er den Namen Barnabas schon einmal gehört hatte: Bei einem der ungeklärten Mordfälle, die er gesichtet hatte, war er auf den ungewöhnlichen Namen gestoßen. Er musste dringend die Akte ein zweites Mal mit mehr Aufmerksamkeit lesen.

Motorengeräusch war zu hören. Rose trat an das Fenster. Zwei Fahrzeuge der Spurensicherung parkten hinter dem Einsatzwagen. Hasenstab und Schmitt palaverten mit Klaus Bolander. Sie deuteten auf die Kapelle. Bolander schüttelte den Kopf. Rose biss sich auf die Lippe, es war so weit.

»Herr Barnabas«, sagte Rose, »am Garten von Frau Geisa wurden Ihre Fingerabdrücke sichergestellt. Ich muss Sie bitten, mit uns auf das Revier zu kommen. Sie können natürlich einen Anwalt anrufen.«

Barnabas lachte heiser und kurz, wie der Ruf einer Krähe.

»Ich habe kein Telefon. Außerdem benötige ich keinen Anwalt. Ich habe niemanden umgebracht.« Er zog die blaue Schürze aus und hängte sie über die Lehne eines Stuhls. »Wann werden wir zurück sein?«

Rose zuckte mit den Schultern.

»Dann muss mein Sohn verständigt werden. Er soll sich um Anton und die Hühner kümmern.« Er griff die Edelstahlschüssel und hob sie Rose entgegen. »Darf ich das noch zum Komposthaufen bringen? Wegen der Fruchtfliegen.«

Sie traten vor die Kapelle. Die Männer bei den Wagen blickten ihnen aufmerksam hinterher. Als sie um den Schuppen herumkamen, flatterten ihnen die Hühner entgegen. Barnabas leerte die Küchenabfälle auf den übrigen Kompost. Ein Huhn verteilte aufgeregt glucksernd die Schalen und Teereste.

»Ich hatte meinem Hahn keinen Namen gegeben«, sagte Barnabas. »Leider. Wissen Sie, Herr Inspektor, erst ein Name verleiht einer Kreatur ihre Seele.«

SECHZEHN

Jeden Tag trafen sie sich. Sie mussten sich sehen. Riechen. Berühren. Selbst als der Regen gefror. Im Radio die Warnung, das Haus nicht zu verlassen. Regen auf gefrorenem Grund. Blitzeis. »Bleib zu Hause«, sagte die Mutter. »Blitzeis kommt.«

Der Vater war noch im Büro. Leben im Haus. Die Türen der Wohnung geöffnet, Musik im Radio, stets unterbrochen durch die Drohung: Blitzeis.

Es regnete vor den Fenstern, und der Regen gefror. Die Straßen waren Eis, die Bäume in kaltes Kristall gegossen, die Luft selbst schien erstarrt. Er blickte hinaus, sah sich drehende Autos, Fußgänger, die strauchelten und fielen. Eine veränderte Welt, durcheinandergehäuft.

Weder Bitten noch Warnungen konnten ihn halten. Die Mutter stand am Fenster, als er das Haus verließ. Er schnallte seine Schlittschuhe an und lief auf die Landstraße. Zwischen rutschenden Wagen, den geparkten Autos, denen, die quer auf der Straße standen oder im Graben steckten, den Fahrern und Mitfahrern, die um ihre Autos schlitterten und Halt suchten, auf der gefrorenen Straße saßen oder ratlos auf den Seitenstreifen standen, hindurch, endlose Schlittschuhbahn, das Außergewöhnliche dieser Situation verkennend, ein Ziel nur vor Augen: Claudia. Seine Sonne, sein Leben. Ihr Lachen, ihr Mund.

Dann war sie tot.

***

Die Kollegen Böhm und Basler hatten sich angeboten, das erste Verhör mit Barnabas zu führen. Rose war es recht. Er setzte sich an seinen Schreibtisch und blickte aus dem Fenster.

Wann hatte er sich das letzte Mal allein in diesem Büro aufgehalten? Er konnte sich nicht erinnern. Ohne Böhm hinter seinem Computer kam ihm der Raum groß und leer vor. Rose wühlte auf seinem Schreibtisch herum. Zwischen Ordnern und leeren Bäckertüten, gelesenen und ungelesenen Zeitungen und Zeitschriften, Notizzetteln und losen Blättern fand er die Akte über den Mord an der sechzehnjährigen Claudia Herzog.

Das Verbrechen lag dreiundzwanzig Jahre zurück. Der Täter war noch immer auf freiem Fuß, und es gab keinen Hinweis auf ihn. Rose überflog den Autopsiebericht.

Nach mehrfacher Vergewaltigung war Claudia Herzog erwürgt worden. Die Spurensicherung hatte Spermien in der Scheide des Mädchens gefunden und sichergestellt. Tatort und Fundort waren identisch. Die Zeugenaussagen stammten von Eltern, Sportlehrer, Freunden und von Dieter Barnabas.

Er hatte sich nicht geirrt. Hier war er auf den Namen Barnabas gestoßen. Es war ihm entfallen gewesen, doch der Name hatte sich im Unterbewussten festgesetzt und war durch den Zeitungsartikel wieder an die Oberfläche gestiegen. Dieter war der Freund Claudias gewesen, las Rose. Es war protokolliert, dass der Beamte die Vernehmung immer wieder unterbrechen musste, da der Zeuge mehrmals einen Zusammenbruch erlitten hatte.

Das Alibi war wasserdicht, Dieter war nachweislich nicht in Aschaffenburg zum Zeitpunkt des Mordes. Rose suchte nach dem Vernehmungsprotokoll von Karl Barnabas. Der schien nicht verhört worden zu sein. Niemand hatte den Vater des Freundes befragt. Er musste das Mädchen gekannt haben und sie ihn.

Rose rechnete nach, dass Karl Barnabas damals Ende vierzig gewesen war. Dieter im Alter des Mädchens, sechzehn, siebzehn. Ihm fiel ein, dass er Dieter Barnabas benachrichtigen musste, um ihn über die Verhaftung seines Vaters aufzuklären. Die Tiere harrten ihrer Versorgung durch ihn. Außerdem hatte Rose ein paar Fragen.

Er zog Fotografien aus einer Schutzhülle. Von einem Porträtfoto lächelte ihn ein junges Mädchen an. Er kannte das Bild, es hatte in Geisas Küche gehangen. Und hatte Alois Geisa nicht von einer Ziehtochter gesprochen, die vor langer Zeit gestorben sei? Das musste das Mädchen gewesen sein.

Dann fand er das Vernehmungsprotokoll der Geisas. Sie waren an dem Abend gemeinsam zu Hause gewesen. Rose ging noch einmal die Akte durch, erst jetzt fiel ihm auf, dass Claudia Herzog und ihre Mutter, eine Witwe, in Jakobsthal gewohnt hatten.

Rose verließ sein Büro. Kaum hatte er die Tür geschlossen, drang eine Stimme an sein Ohr.

»Ich habe gehört, dass Sie die Vernehmung des Verdächtigen an Basler und Böhm delegiert haben.«

Rose drehte sich um, hinter ihm stand der Leiter der Dienststelle.

Hier auf dem Flur kam ihm Mehling kleiner vor als in seinem Büro. Der aufwendige Knoten der blauen, glänzenden Krawatte war verrutscht. Mehling bemerkte Roses Blick und versuchte die Krawatte zurechtzurücken, dabei zuckte seine Zunge kurz über die feuchten Lippen.

»Ist es Ihnen unangenehm, Befragungen durchzuführen?«

Rose wusste nicht, worauf Mehling hinauswollte.

»Ich bin der Meinung, dass Karl Barnabas unschuldig ist.«

»Wie kommen Sie zu der Meinung?«, fragte Mehling. »Haben Sie Fakten vorzuweisen?«

»Es ist eher ein Gefühl«, sagte Rose.

»Sie lassen sich von Gefühlen leiten? Das ist schön. Meine Nachbarin ist Pastorin, sie erzählt viel von Gefühl, Mitgefühl vor allen Dingen. In ihrem Beruf ist das sicher ein wichtiges Werkzeug, aber hier, mit Verlaub, vollkommen fehl am Platz. Der Beruf eines Polizeibeamten erfordert einen ungetrübten Blick auf die Tatsachen, keinen von Gefühlen geleiteten.«

Mehling versuchte erneut, die Krawatte geradezurücken. »Darf ich Ihnen etwas anvertrauen? Ich schätze Ihre Arbeit sehr, und Ihre Akte ist voll des Lobes, abgesehen von Ihren Verfehlungen, kurz bevor Sie zu uns nach Aschaffenburg kamen. Da waren familiäre Probleme im Spiel, nicht wahr?«

Mehling blickte sein Gegenüber auffordernd an. Er wird doch nicht erwarten, dachte Rose, dass ich ihm erzähle, warum Ines mich verlassen hat. Ein leises Fiepen regte sich in Roses Ohr, er versuchte, etwas Speichel abzuschlucken, es gelang ihm nicht.

»Ich weiß nicht so recht, was das mit Barnabas zu tun hat«, sagte Rose.

Mehling lächelte kurz. Seine feuchten Lippen glänzten. »Da bin ich ungeteilt Ihrer Meinung. Wir sollten uns voll und ganz auf den Fall konzentrieren. Ein Mord, ein Hauptverdächtiger. Prioritäten setzen. Nach Möglichkeit keine außerdienstlichen Probleme mit in die Dienststelle tragen. Dranbleiben, Herr Rose.« Er ballte eine Faust. »Dranbleiben!«

Im Weitergehen klopfte er Rose kurz auf die Schulter. »Am letzten Wochenende wurde von verschiedener Seite nach Ihnen gefragt.«

Daher weht der Wind, sagte sich Rose und blickte Mehling hinterher, der leichten Schrittes den Flur hinabfederte.

Meine Fahrt nach Berlin während laufender Ermittlungen, und das ohne sein höchstamtliches Siegel. Rose schüttelte den Kopf und beeilte sich, nach draußen zu kommen.

***

Der Anruf hatte ihn in der Berufsschule erreicht. Blockschule in Würzburg. Eine öde, einsame Woche, eine Woche ohne sie. Claudia. Sein Name echote durch die langen Gänge. Er rannte zum Apparat an der Anmeldung. Die Mutter am Telefon: »Claudia ist tot!« Er verstand sie nicht. Dreimal wiederholte sie den Satz: »Claudia ist tot!«

Ein dröhnender, stählerner Spieß wurde in sein Ohr gerammt: Claudia ist tot. Ermordet. Sein Schrei, bevor er zusammenbrach, hallte durch die kühlen Flure des Lehrlingsheims. Die Zeit blieb stehen, die Uhren weinten. Er war allein, nur sein Schmerz war bei ihm.

Die Nachricht hatte sein Herz herausgerissen, und ein kaltes Loch war zurückgeblieben, dort, wo zuvor ein warmer Muskel pochte, eine ausgefranste Wunde, die nicht aufhören wollte zu bluten. Der schreiende, rote Schmerz in seiner Brust ließ ihn nicht mehr denken, nahm ihm den Atem.

Er wollte sich hinlegen, einfach aufhören, nicht mehr leben. Er hatte keinen Hunger. Er hatte keinen Durst, keine Wärme oder Kälte, nur Verzweiflung, die sich in sein bleiches Gesicht fraß, das alt aussah, alt und grau und stumpf. Eine Verzweiflung, die seinen schmalen Körper beugte und ihm das Rückgrat wie einen gefrorenen Stock brach.

Ein Arzt musste kommen, Fieber und Erbrechen, Apathie, dann ein plötzlicher Zusammenbruch. Verordnete Ruhe. Nach Hause, in das dunkle Grab zum schweigenden Vater und zur weinenden Mutter.

SIEBZEHN

Rose war froh, aus dem Dienstgebäude herauszukommen. Er wollte nach Aschaffenburg, zur nahen Stadt. Zu Fuß. Gehen. Seinen Rhythmus finden, Gedanken ordnen. Er hetzte über die Landstraße, ein Auto hupte. Durch feuchte Wiesen, vorbei an Bäumen voller roter und gelber Äpfel, an herbstlichen Gärten entlang.

Dann, am Main angekommen, wurde er langsamer, fand allmählich sein Tempo. Er schlenderte den Fluss entlang, begleitete das stete Fließen. Das leise Rauschen des Verkehrs verebbte.

Um die Biegung des Flusses tauchte ein Frachtschiff auf. Von den befestigten Ufern wich das Wasser zurück, drängte zum Rumpf des Schiffes, wurde angezogen, verdrängt, aufgewirbelt und zu den Ufern zurückgesandt. Wellen schlugen schmatzend an Steine, Wasser drang an seine Grenzen. Der Kahn lag tief im Strom, kein Mensch war an Deck zu sehen. Große weiße Buchstaben bildeten am Rumpf den Namen des Schiffes: »Fortuna«. Rose hörte die Kolben des Dieselmotors stampfen, langsam, stetig, der Herzschlag eines riesigen, gleitenden, dahintreibenden Tieres.

Er fragte sich, was ihn an das Ufer dieses Flusses gebracht hatte, weshalb er sich an diesem Punkt seines Lebens befand, hier und heute, in dieser Situation. Zufall? Schicksal? Folgerichtigkeit? Er kickte einen Stein ins Wasser, als könne er damit die Gedanken dem Fluss überantworten. Es war seine Aufgabe, in diesem Herbstgrau den Mörder Anna Geisas zu suchen. Das war evident, ausreichend, selbsterklärend. Für diesen Moment zumindest.

Mehling kam ihm in den Sinn und das, was er über die Polizeiarbeit gesagt hatte. Möglicherweise hatte er recht, dass man sich nicht von seinen Gefühlen leiten lassen sollte, auch nicht von Sympathien. Er dachte an seinen ersten Fall in Aschaffenburg, wo er dem Mörder getraut hatte, blind für alle Warnungen und Zeichen.

Er versuchte diese Erinnerung hinunterzuschlucken, doch es brannte in seiner Kehle. Jemand hatte einen Menschen getötet und andere damit ins Unglück gestürzt. Wie viel Mitgefühl steht einem Mörder zu?, fragte sich Rose. Oder steht er durch seine Tat außerhalb jeglicher Zuneigung? Weiß er, dass er sich durch das Verbrechen einsam macht?

Auch er fühlte sich einsam, in einem anderen Sinne natürlich. Aus seiner Einsamkeit heraus jagte er einsame Mörder. Auch Barnabas war einsam. Aber dieses Alleinsein war selbst gewählt, schmeckte nach Galle, nach Frost und Erstarren.

Rose sah seinen Vater plötzlich vor sich. Einen lange vergessenen Spaziergang. Er war sechs, sieben Jahre alt, an der Hand der Mutter. Der Abend dämmerte, der Weg führte auf einem weiten, dunklen Feld bergan. Vorn lief der Vater, allein. Rose spürte die warme Hand der Mutter, ihre Nähe und Zuversicht, und der Vater kam ihm unerreichbar und einsam vor. Er hatte Angst, dass er in der Dunkelheit verschwinden würde, aber es war nicht die Angst um ihn selbst, den verlassenen Sohn, es war vielmehr die Angst um den Vater, der im Begriffe war, verloren zu gehen, in dunkler, unendlicher Einsamkeit.

Das Schrillen. Und wieder. Das Klingeln des Mobiltelefons hatte Mühe, in sein Bewusstsein zu dringen. Böhms Stimme zerrte ihn an den Fluss zurück, Rose hatte die Stadt erreicht, überquerte die Willigisbrücke.

»Ich dachte, Sie würden nach uns das Verhör übernehmen?«

»Ich bin auf dem Weg zu Dieter Barnabas.«

»Wie dem auch sei. Es gibt Neuigkeiten«, sagte Böhm. »Im Verlauf der Hausdurchsuchung ist im Pferdestall ein fest stehendes Messer gefunden worden, passt zu den Einstichen im Torso von Anna Geisa. Der Schnelltest hat eindeutig Barnabas' Fingerabdrücke bestätigt. Damit wäre die Sache endgültig bewiesen.«

Bewiesen, dachte Rose, das Wort kam ihm tückisch und scharf vor, als schnitte es lächelnd in sein Ohr. Er mochte nicht glauben, dass Karl Barnabas die alte Geisa getötet hatte. Konnte er sich so in einem Menschen getäuscht haben? Aber das Messer sprach seine eigene, scheinbar eindeutige Sprache.

»Was sagt Barnabas?«

»Aus ihm ist nicht viel herauszuholen. Er scheint immer mehr abzubauen, seit er begriffen hat, dass er nicht mehr ungeschoren aus der Sache kommt. Faselt was von irgendwelchen Gestalten und einem Anton und Holzmachen. Als wir ihn mit dem Messerfund konfrontiert haben, sagte er, das hätten ihm diese Gestalten in die Tür gerammt. Er wollte es nicht im Haus, daher legte er es in den Stall. Legte! Es war unter Strohballen versteckt. Wo sind Sie eigentlich? Der Chef hat nach Ihnen gefragt.«

»Ich bin gleich bei Barnabas junior. Melde mich später.« Rose wollte auflegen, als ihm noch etwas einfiel. »Böhm? Wir brauchen einen Genvergleich mit dem Material, das bei dem Mord an Claudia Herzog gefunden wurde, und von Karl Barnabas.«

»Claudia Herzog? Den Namen kenne ich doch. Diese Sache von damals, der Mord an dem Mädchen in der Fasanerie?« Böhm pfiff in den Hörer. »Das wäre ja ein Ding! Werde die Untersuchung gleich veranlassen.«

***

Über dem Hoftor hing der große Reklameschuh weithin sichtbar. Darunter das Schild: »Dieter Barnabas – Schustermeister«.

Roses Tritte hallten in der Tordurchfahrt. Dahinter lag ein kleiner, gepflasterter Hof. Kinderlachen drang an sein Ohr. Zwei Mädchen hatten mit Kreide eine Figur auf den Boden gemalt. Die eine warf einen Stein in eines der Figurenfelder und sprang auf einem Bein hinterher. Himmel und Hölle – ein Spiel, so alt wie die Kindheit selbst. Wie lange hatte er Kinder das nicht mehr spielen sehen? Oder hatte er einfach kein Auge mehr dafür gehabt?

Beim nächsten Besuch würde er Lisa das Spiel beibringen. Er versuchte sich vorzustellen, wie seine Tochter über die Steine sprang, ihr Lachen, ihre Freude. Es wollte ihm nicht recht gelingen. Die Vorstellung blieb unscharf.

Eine kleine verglaste Tür führte in die Werkstatt. Die Glocke am Türrahmen läutete, als Rose eintrat in den Geruch von Leder und Klebstoff. Er sah Dieter Barnabas an der Werkbank mit einem kleinen Hammer Nägel in eine Sohle treiben. Über ihm hing ein offenes Regal voller Schuhe, die mit länglichen weißen Zetteln versehen waren. Auf dem obersten Fach, außer Reichweite, lagen ein paar hölzerne Leisten.

Dieter Barnabas drehte sich um. Er schien einen kurzen Moment nachzudenken, dann lächelte er.

»Herr Rose von der Kriminalpolizei.«

»Ihr Vater wurde verhaftet.«

»Weshalb?« Das Lächeln verschwand.

»Er steht unter Mordverdacht. Ich soll Sie bitten, sich um die Tiere zu kümmern.«

Die Schultern des Schusters sackten nach unten. Dann schüttelte er den Kopf.

»Mein Vater hat niemanden getötet. Er ist etwas eigen, deshalb macht er sich möglicherweise verdächtig, aber er hat gewiss niemanden umgebracht.«

»Er steht ja auch nur unter Verdacht. Bisher ist nichts bewiesen.«

»Es ist für Außenstehende vielleicht naheliegend, Frau Geisa und mein Vater waren sich nie grün, und er ist oft radikal in seinen Ansichten, aber so weit würde er nie gehen. Haben Sie etwa konkrete Anhaltspunkte, die Sie zu der Vermutung veranlassen?«

»Ein paar Indizien, mehr nicht. Wissen Sie, Herr Barnabas, mein Vater war auch ein schwieriger Mensch, der seine Gefühle nicht zeigen konnte, ich kann mir vorstellen, dass es nicht immer leicht ist, mit ihm auszukommen.«

Dieter Barnabas lachte kurz auf. »Gefühle nicht zeigen? Manchmal glaube ich, er hat gerade für die, die ihm nahestehen, keine Emotionen. Können Sie sich vorstellen, dass mein Vater mich mein ganzes Leben nicht einmal in den Arm genommen hat? Nicht einmal! Und gerade das habe ich mir als

Kind immer gewünscht. Ich wollte immer, dass er mir seine Liebe zeigt, und je mehr ich es wollte, desto kälter war er. Komisch, nicht?«

Rose sah plötzlich seinen eigenen Vater vor sich, vor dem Fenster das blaue Licht der Dämmerung, sein Vater im Sessel, die Zeitung, und ein kleiner Junge, er selbst, der um ein wenig Aufmerksamkeit buhlte.

»Ich glaube, er stand sich selbst im Weg.«

»Wieso ›stand‹«, fragte Barnabas. »Von wem sprechen Sie?«

Rose wollte nicht, dass sein Vater sich in seinen Gedanken breitmachte, hier ging es nicht um ihn, sondern um Karl und Dieter Barnabas. Er blickte sich um.

»Sie haben eine schöne Werkstatt. Sieht ein bisschen wie früher aus.«

»Ich habe nicht viel verändert, als ich den Laden übernahm.«

»Ihr Vater war in der Immobilienbranche. Wie kamen Sie auf Schuster?«

»Warum ich Schuster geworden bin?« Barnabas deutete auf die Regale mit den Schuhen. »Handwerk hat goldenen Boden. Und Schuster braucht man immer. Mein Vater wollte es auch so und unterstützte mich. Er meinte, ich könnte Maßschuhe anfertigen, mit und ohne Quittung, Sie verstehen, was ich meine. Und wenn ich Lust hätte, könnte ich auf die Jagd gehen oder zum Fischen, einfach ein Schild an die Tür hängen, auf dem steht, dass ich später wiederkomme. Keinen Zeitdruck, übersichtliche, saubere Werkstatt, mein eigener Herr, keine lästigen Angestellten. Guter Verdienst. So zumindest sah es mein Vater. Die Realität ist eine andere.«

Er lachte kurz. »Nach der Lehre stellte ich einen Leisten für ihn her. Und er kaufte auf seinen Reisen bestes Leder und teuren Zwirn, und ich musste ihm Schuhe anfertigen, jedes Jahr ein neues Paar glänzender Schuhe.«

Er legte den kleinen Hammer zur Seite, bevor er weitersprach. »Für ihn sind maßgefertigte Schuhe der Ausdruck von weltmännischer Vornehmheit, es adelt den Fuß, wie er zu sagen pflegt, doch bei all seinem Geld war er stets für eines zu geizig: sich Schuhe maßanfertigen zu lassen. Wissen Sie, er hat mir die Werkstatt bezahlt, dafür bin ich meinem Vater sehr dankbar, aber ich denke, deshalb sollte ich das Schusterhandwerk lernen. Von seiner Warte. Ich mochte meinen alten Lehrmeister, er war einfach und bescheiden. In den Schuhen lebt die Seele des Besitzers, sagte er immer. Er hatte stets ein offenes Ohr für mich. Dazu der Geruch von Leder, das Arbeiten mit den Händen. Im Nachhinein habe ich es nie bereut, gerade diesen Beruf erlernt zu haben. Anfangs hatte ich große Pläne, wollte noch auf eine weiterführende Schule, aber dann«, die Worte stockten, sein Blick senkte sich, »dann war es auch egal.«

»Als Ihre Freundin, Claudia Herzog, ermordet wurde?«

Barnabas legte die Hand auf den Tresen, als suche er Halt.

»Von diesem Tag an war alles gleichgültig.«

»Das tut mir leid.«

»Sie können das nicht ermessen.« Dieter Barnabas richtete sich auf. »Lassen wir die alten Geschichten.« Er machte eine Handbewegung, als wolle er eine Fliege verscheuchen. »Dann werde ich wohl nach dem guten Anton schauen, bis Sie einsehen, dass mein Vater kein Mörder ist. Haben Sie noch Fragen?«

»Ich habe im Haus der Geisas ein Foto von Claudia Herzog gesehen. Wie stand sie zu ihnen?«

»Die Geisas waren wie Ersatzeltern für Claudia. Ihre eigene Mutter konnte sich nicht richtig kümmern. Sie trank, müssen Sie wissen.«

»Trank?«

»Ja. Sie lebt nicht mehr. Zwei Jahre nach dem, nach der Sache mit Claudia hat sie sich erhängt.«

Die Lösungsmittel in der Raumluft mussten Rose in den Augen brennen. Sie tränten leicht. Er konnte sich nicht gegen das Bild wehren, das ihm die Erinnerung auf die Netzhaut projizierte. Eine junge Frau, die an einem Balken auf dem Speicher ihres Häuschens hing. Als junger Polizist hatte er sie entdeckt. So musste auch Claudias Mutter ausgesehen haben, angelaufene Beine, verkrampfte Hände, eine dicke, schwarze Zunge, die wie eine Nacktschnecke aus dem zu kleinen Mund quoll. Und blutige rote Augen, aus denen ein Erkennen sprach, ein zu spätes Erkennen des Irrtums, den die Frau begangen hatte.

Das Fiepen in seinem Ohr setzte wieder ein, er wollte nichts mehr hören von Menschen, die sich in ihrer Verzweiflung aufgehängt hatten, von vergewaltigten und erwürgten Kindern, von erstochenen Ehefrauen und gequälten Tieren. Er wollte das Rauschen von Blättern hören in einem sonnendurchfluteten Wald und den Gesang von Vögeln.

»Ist es ein Zufall, dass Ihr Vater gerade nach Jakobsthal gezogen ist?«, fragte Rose.

»Er hat mich damals hin und wieder zum Friedhof gefahren. Claudia ist in Jakobsthal beerdigt. Bei der Gelegenheit entdeckte er auf einem Spaziergang die Kapelle im Wald.«

Barnabas sprach jetzt sehr leise, kaum hörbar. Rose spürte, dass er mit seiner Fassung rang.

»Verstehe. Ich werde Sie jetzt nicht weiter aufhalten.«

»Danke.«

»Bleiben Sie erreichbar.« Rose öffnete die Tür. Die Glocke läutete. »Waren Sie eigentlich am Samstagnachmittag mit Ihrem Vater auf der Jagd, oder kamen Sie erst später?«

»Sie meinen, als das Gewehr gestohlen wurde? Er verständigte mich. Ich war bei meiner Mutter.«

»Sie lebt hier?«

»Seit ihrer Scheidung wohnt sie in der Gneisenaustraße 34. Fragen Sie sie.«

***

Er wählte die Strecke über die Schellenmühle und Schmerlenbach zur B 26, bevor er nach Sailauf abbiegen würde, um Richtung Engländer zu fahren. Die hügelige Landschaft des Vorspessarts zog er der kürzeren Route über die Autobahn vor. Am Rande der Fasanerie führte die Straße steil zum Zeughaus hinauf.

Im Vorbeifahren sah er einen Mann zwischen den Bäumen hervortreten, er glaubte diesen Kommissar Rose zu erkennen.

Sicher war er auf dem Weg zu seiner Mutter, um das Alibi zu überprüfen. Er passierte die Gneisenauer, wo sie wohnte. Sie würden in der stillen Küche beisammensitzen, bitteren Kaffee trinken, und Rose würde ihre Klagen ertragen müssen. Sie glaubte, das Unheil der Welt habe es auf sie abgesehen.

Er liebte seine Mutter, sagte sich Dieter Barnabas, aber ihr Katzenjammer war unerträglich. Sie hatte nie Stellung gegen seinen Vater bezogen, sich immer unterdrücken lassen und sich dabei stets als Opfer gesehen. Und das tat sie noch immer.

Er ließ die Fasanerie und das Zeughaus hinter sich. Hier war es passiert. Es war ihm nicht möglich, den Anblick des Parks und den Tod von Claudia auseinanderzuhalten. Er konnte der Vorstellung nicht entkommen, was an jenem Abend passiert war, als sie nach dem Volleyballtraining zur Bushaltestelle ging. Seine Hände drückten das Lenkrad, als wollten sie eine Schlange erwürgen.

Als er die Kapelle erreichte, wieherte Anton lauthals. Er streckte den Kopf über die Flügeltür des Stalls und schlug gegen das Holz. Anton. Er war wahrscheinlich das wertvollste Lebewesen für seinen Vater. Er ist mir wichtiger als mein Sohn, hatte er einmal gegenüber Gerhart geäußert.

Dieter Barnabas klopfte Anton auf den Hals, als er den Riegel öffnete. Anton schnaubte und drängte heraus. Mit geübten Bewegungen mistete Dieter Barnabas den Stall, packte frisches Heu in die Raufe und legte eine Karotte aus der Futterkiste obenauf. Danach kümmerte er sich um die Hühner.

Seit der Hahn tot war, waren sie noch nervöser. Er mochte keine Hühner. Ihr aufgeregtes Flattern war ihm zuwider, ihr unruhiges, unbedachtes Wesen ein Gräuel. Er kickte einen Stein nach einem Huhn, das zwischen seinen Beinen nach Körnern suchte. Als er die Arbeiten beendet hatte, schloss er die Tür zur Kapelle auf, um sich einen Tee zu kochen. Es war das erste Mal, dass er ohne seinen Vater hier hantierte.

Es war ein angenehmes Gefühl.

***

Rose nahm den Umweg über die Fasanerie. Er wollte sich freilaufen. Gedanken, aufgewühlt wie warmer Morast, verwirbelten seinen Kopf. Es war nichts weiter als ein Gespräch gewesen, sagte sich Rose. Ein Gespräch im Laufe einer Ermittlung. Und doch war es nicht nur ein Gespräch zwischen zwei Männern gewesen, die ihren Platz eingenommen hatten in der Welt. Vielmehr war es eine Unterhaltung zwischen den Söhnen zweier Väter.

Roses Vater war bereits acht Jahre tot, trotzdem tauchte er immer wieder einmal auf aus dem Schlick der Vergangenheit. Scheinbar teilnahmslos saß er am Rande des Bewusstseins, beobachtete, taxierte, wertete das Verhalten seines Sohnes, der sich bewerten, taxieren und beobachten ließ.

Er erinnerte sich an seinen Auftritt in dem Wildwestschauspiel, das sich die Klasse selbst ausgedacht hatte. *Bleichgesichter am Orinawa-See*. Es war der einzige Auftritt in seiner gesamten Schullaufbahn. Er musste damals acht oder neun Jahre alt gewesen sein und hatte die Rolle des Indianerhäuptlings bekommen.

Wochenlang hatte er seine kurze Rede geprobt, hatte mit fiebriger Vorfreude und bangen Erwartungen den Nachmittag der Aufführung herbeigesehnt. Dann war der große Tag gekommen. Die geschmückte Aula hatte sich gefüllt. Immer wieder war er zum Vorhang geschlichen und hatte nach seinem Vater Ausschau gehalten. Eltern, Großeltern und Geschwister füllten den Saal, seine eigene Mutter saß lächelnd in der dritten Reihe, allein.

Sein Vater sei müde gewesen, sagte sie auf dem Heimweg. Erst viel später, als Rose bereits erwachsen war, erkannte er, dass es keine Rolle gespielt hatte, ob sein Vater da war oder nicht an jenem Abend. Der Vater hätte ihn zwar gesehen gehabt, aber nicht wahrgenommen. Er nahm ihn nie wahr.

Wirklich nie?, fragte er sich und gestand sich oder besser seinem Vater oder dem Vater-Sohn-Verhältnis eine Ausnahme ein.

Einmal, und diesen Tag würde Richard Rose nie vergessen, fühlte er sich seinem Vater nahe. Er war gerade vierzehn Jahre alt geworden, die großen Ferien standen ins Haus, und Rose wollte mit einem Jugendfreund eine Radtour unternehmen: Sie hatten vor, die Alpen zu überqueren, dem Hannibal gleich mit seinen Elefanten, von dem sie im Geschichtsunterricht gehört hatten.

Erst hatte er seiner Mutter die Pläne eröffnet, ihr, die immer und unbedingt zu ihm hielt. Zu Richards Verwunderung verbot sie energisch die große Fahrt. Am Abend war der Vater mit ihm spazieren gegangen. Richard klopfte das Herz, da er eine Standpauke, Ermahnungen und Abwertungen erwartete.

Sein Vater legte ihm die Hand auf die Schulter, die er ihm aber schnell wieder entzog, und ließ sich die geplante Route erläutern. Dann sagte der Vater, dass ein Junge auf eigene Beine kommen müsse, und versprach Richard, dass er fahren könne, er würde mit der Mutter reden. Da spürte er etwas wie Interesse und Zugewandtheit seitens seines Vaters.

Dieser Augenblick wog für Richard viele Momente auf, in denen er sich ungeliebt und missachtet gefühlt hatte.

Als sie später mit Muskelkater und gebrochenen Speichen auf der anderen Seite der Alpen angekommen waren, mussten sie sich eingestehen, dass der Rückweg nicht machbar wäre in der Kürze der verbleibenden Ferien. Für die Zugfahrt nach Hause fehlte das Geld. Schweren Herzens betrat Richard eine Telefonzelle und rief zu Hause an. Er hoffte, seine Mutter zu sprechen, sie würde ihm helfen, ihn abholen, ihm Geld zuweisen oder ihn auf andere Art retten.

Die Stimme des Vaters im Ohr. Richard erklärte die missliche Lage. Stille im Telefon, dann ein Schnauben des Vaters. »Du bist dorthin gekommen, dann sieh zu, wie du wieder heimkommst.« Sprach es und legte auf.

Hatte er sich wirklich keine Sorgen gemacht? War der Vater so teilnahmslos, bar aller Gefühle? Oder hätte er gern den Sohn bei dem gemeinsamen Spaziergang in den Arm genommen, damals, vor der großen Fahrt? Er hatte den Vater gehasst in diesem Moment am Telefon. Später war die Hitze des Gefühls abgekühlt und wandelte sich allmählich in Verständnis, das sich auf eine Formel reduzierte: ein armer, einsamer Mann.

Als Lisa geboren wurde, hatte Rose geglaubt, in seiner Rolle vom Sohn zum Vater aufgestiegen zu sein, die anhaftende Geburtshaut des Sohnes abgestreift zu haben, worunter die eigene Vateroberfläche zutage treten würde. Dies war nur zum Teil richtig gewesen, hatte er später erkennen müssen, zwar war er Vater, unbestreitbar, dennoch war er Sohn geblieben, auf immerdar.

Sah er Dieter Barnabas, fühlte er sich erwachsen, unabhängig vom Urteil eines richtenden Vaters. Betrachtete er sich isoliert, schrumpfte er immer wieder einmal auf Kindergröße zusammen, streckte dabei die suchenden Finger nach der führenden, väterlichen Hand.

Rose ahnte, dass nur er selbst sich diese führende Hand reichen konnte, dass in ihm alles war, was er brauchte, um selbst ein guter und verstehender Vater zu sein. Und doch sehnte er sich nach einem Wort des Vertrauens, des Angenommenseins, nach dem Mund, der längst dazu schwieg.

Er ließ bei der Beerdigung seines Vaters drei Schaufeln schwarze Erde in das Grab gleiten. Der dumpfe Ton auf hohlem Holz steckte ihm noch wie ein zerborstener Knochen im Ohr. Er hatte damals »Adieu« geflüstert, ergriffen, sich nie verabschiedet dabei, den Vater und seinen Einfluss immer mit sich herumgeschleppt. Wann endlich, fragte er sich, würde er das längst Überfällige endgültig tun?

Rose ging die Wege der verwaldeten Parklandschaft entlang und spürte bei allen Zweifeln den Vater tiefer ins Grab sinken, den Körper des teilnahmslosen, beinahe fremden Mannes, der die Zeitung dem Sohn vorgezogen hatte, allmählich verfallen.

Mit jedem Schritt atmete er tiefer. Eine Melodie lag, kaum hörbar, in der Luft, zwischen den Stämmen, über den Zweigen, eine seltsame, freudige, dabei melancholische Weise. Etwas wie alter, vertrockneter Schleim löste sich in den Verästelungen seiner Bronchien, ließ Luft tief ein, atmete Beklemmungen und Befürchtungen und alte Vorhaltungen aus. Er lachte, er hätte singen können, mit wehenden Armen schritt er aus. Ein

Spaziergänger, ein alter Mann in langem Loden, stand und blickte ihm mit schiefem Kopf hinterher.

Dann kam Rose etwas wie ein kühler Luftzug an. Er dachte an die Barnabasse, Vater und Sohn. Ihm kam das Mädchen in den Sinn. Hier, irgendwo in diesem Park, hatte ihr Mörder gelauert. Er zwang sie nieder und riss ihr die Kleidung vom jungen Leib, vergewaltigte sie und nahm ihr das Leben. Rose wollte sich nicht ihre Angst, ihre weinenden Augen vorstellen. Wer konnte sich noch an sie erinnern? Ihre Eltern lebten nicht mehr. Auch Anna Geisa war tot. Dieter natürlich. Aber was war mit ihren Freunden von damals, den Nachbarn? War ihre Erinnerung mit ihrem Körper vergangen oder lebte sie fort?

Der Weg führte zur Straße. Er trat unter den Bäumen hervor. Ein weißer Passat rauschte vorbei. Dieter Barnabas saß am Steuer. Nicht weit wusste Rose die Gneisenaustraße.

Auf dem Klingelschild stand: »Else Barnabas«. Eine kleine, grauhaarige Frau öffnete Rose. Er folgte ihr durch den schmalen Flur in eine helle Küche. Vergangenheit hing in Bildern an den Wänden. Rose erkannte in dem Jungen Dieter Barnabas und seine Mutter an den Ufern eines südlicheren Sees, in längst getautem Schnee, auf einer Blumenwiese während eines Picknicks mit anderen Menschen. Sie waren sich immer nahe. Auf keinem der gerahmten Fotos war Karl Barnabas zu sehen. Auch keines von Claudia hing in der Sammlung. Vielleicht hatten die beiden kein enges Verhältnis, dachte Rose.

Er stellte die Kaffeetasse ab. Das leise Klirren des Geschirrs füllte die Küche wie einen luftleeren Raum. Nur vom Flur her das verhaltene Ticken der Standuhr. Hier wohnt die Stille. Rose wunderte sich über seinen Gedanken. Frau Barnabas schien sich in den Ansichten der Fotografien zu verlieren. Dann löste sie den verwässerten Blick und kam an den Tisch zu sich und Rose zurück.

»Ja. Dieter war Samstag bei mir, er kommt immer am Wochenende. Er bringt die Wäsche, wir essen zusammen, gehen spazieren. Dieter ist ein guter Sohn.«

»Ich dachte, wochenends ist er bei seinem Vater.«

Frau Barnabas stellte die Tasse ab. Das Scheppern echote laut durch die Stille der Küche, wie ein Schrei in den Bergen.

»Es ist sein Vater. Natürlich besucht er ihn.«

»Ich hatte den Eindruck, dass das Verhältnis zwischen den beiden angespannt ist.« Rose versuchte, seine Worte sorgfältig zu wählen.

»Dieter hängt trotz allem an seinem Vater.«

Roses Frage hakte sich an ihre Worte: »Trotz allem?«

»Es ist nicht leicht mit Karl, er ist ein schwieriger Mensch.« Sie starrte zur Wand.

Rose befürchtete, die Frau würde sich wieder in der Vergangenheit der Fotos verlieren.

»Ich habe ihn kennengelernt.«

»Er hat zwei Gesichter. Zu Fremden war er stets freundlich, gut gelaunt. Er war ein Geschäftsmann. Ich denke, das machte er gut. Aber zu Hause kam der andere zum Vorschein, der teuflische Teil. Jähzornig, herrisch, ungeduldig, ungerecht. Trotzdem lief der Junge ihm hinterher. Er wollte immer seine Liebe. Ich frage Sie, wie soll einer Liebe geben, der keine hat? Karl, mein Exmann, saß immer in seinem Studierzimmer, in seiner Bibliothek und las. Und wehe, er wurde gestört! Das kleinste Geräusch ließ ihn aufspringen und herumschreien. Wir bewegten uns wie stumme Schatten. Froren, weil er nicht einsah, die Heizung bereits im Oktober anzudrehen, während er vor seinem offenen Kamin schwitzte. Und immer das bange Warten, dass er wieder platzt und uns beschuldigt, etwas verlegt zu haben, zu laut zu sein oder sonst was. Es war die Hölle.«

Sie schloss einen Moment ihre Augen. »Und der Junge hing so an ihm. Er hätte alles für seinen Vater getan. Aber es war nie recht. Nie ein Lob oder eine warme Geste. Ich glaube, er hat den Jungen nie in den Arm genommen. Das habe ich alles kompensieren müssen. Ich schenkte Dieter dafür umso mehr Liebe, er war ja mein Ein und Alles.«

»Sie haben sich getrennt von Ihrem Mann?«

Else Barnabas' Lachen kam Rose wie ein Hilfeschrei vor.

»Er hätte mich umgebracht, das sagte er zumindest. Dabei betrog er mich. Vor meinen Augen hatte er ein Verhältnis mit seiner Sekretärin. Es war so erniedrigend. Erst als er die Kapelle kaufte, wollte er mich loswerden. Bei seinem Selbstverwirklichungstrip war ich ihm im Weg. Wissen Sie, er ist immer im Recht, zumindest redet er sich das ein. Eine Scheidung kam eigentlich für ihn nicht in Frage, denn da hätte er sich das Scheitern seiner Ehe eingestehen müssen. Zu der Zeit las er die Stauffenberg-Tagebücher. Die preußischen Offiziere konnten ja auch nicht gegen den Führer rebellieren. Sie suchten einen Grund und sagten sich, dass Hitler das ganze Volk in den Abgrund stürzt, so konnten sie gegen ihn vorgehen, waren ihrem Nibelungeneid entbunden. Da fiel es Karl wie Schuppen von den Augen, er bildete sich ein, ich würde meinen Haushalt vernachlässigen, also die Ehe in den Abgrund stürzen.«

Sie lachte ganz leise. »Das lieferte ihm den Grund, sich scheiden zu lassen. Nicht sein Techtelmechtel mit Frau Kindler, der Sekretärin. Das zählte nicht. So ist Karl.«

Der Kaffee hatte Roses Mund ausgetrocknet. Seine Zunge fühlte sich rau an.

»Trauen Sie ihm ein Verbrechen zu?«

»Ich traue ihm alles zu.«

Als Rose sich verabschiedete, drehte er sich noch einmal um.

»Wo war Ihr Mann an dem Abend, als Claudia Herzog ermordet wurde?«

Die kleine Frau tastete mit ihrer kleinen Hand in die Luft, dann fand sie Halt an dem Türrahmen.

»Mein Exmann war damals mit Ottl auf der Jagd.«

»Ottl?«

»Ein Jagdfreund. Er ist tot.«

Schon wieder ein Toter, dachte Rose.

»Der Mordfall ist über zwanzig Jahre her. Und Sie können sich genau erinnern, wo Ihr Mann an dem Abend war?«

»Dieser Abend veränderte unser Leben. Dieters Leben vor allem. Er war danach ein anderer. Mit Claudias Tod starb seine Lebensfreude.«

Leise schloss Else Barnabas die Tür. Rose blickte auf das weiß gestrichene Türblatt und lauschte auf die Geräusche dahinter. Er hörte nur Stille. Stille und Einsamkeit.

ACHTZEHN

»Ich habe dir heute ein Bild gemalt.« Lisas kleine Stimme im Telefon. »Ein Ritter auf einem Pferd. Er ist ganz dünn und hat eine lange, spitze Lanze.«

»Hast du auch ein paar Windmühlen dazugemalt?«

Lisa kicherte. »Windmühlen gibt es doch in Holland.«

»Gegen wen kämpft er denn?«

»Mein Ritter kämpft gegen böse Raubritter!«

Rose verspürte Sehnsucht nach seiner Tochter, wie einen heißen Klumpen in seiner Brust.

»Du, Papa? Die Erika ist meine beste Freundin. Aber sie hat gesagt, dass ich gar keinen Papa habe. Ich sagte, du fängst Verbrecher, wie im Fernsehen. Das hat sie mir nicht glauben wollen. Ich habe ihr gesagt, dass du woanders wohnst, aber immer für mich da bist. Das stimmt doch?«

»Natürlich, mein Herz. Bald hast du Ferien, dann hole ich dich. Du musst ja einmal sehen, wo ich arbeite.«

»Ich muss jetzt auflegen.«

»Was hast du denn vor?«

»Ich muss Erika sagen, dass ich bald zu meinem Papa fahre.«

Rose betrachtete das Mobiltelefon. Dann lächelte er. Mittlerweile musste Karl Barnabas im Verhörzimmer sein. Rose wollte noch einmal mit Barnabas reden, nachdem Basler und Böhm ihre Vernehmungen beendet hatten.

Er ging den langen Flur entlang, nickte dem wartenden Beamten zu, atmete durch und trat ein. Barnabas saß an dem viereckigen Resopaltisch. Er schien geschrumpft zu sein. Der Kopf steckte auf einem dünnen, faltigen Hals, die Narbe glänzte rötlich, sonst war die Haut fahlgrau wie das Papier einer alten, vergessenen Zeitung im Fenster eines Cafés.

Barnabas blickte langsam auf, als Rose sich setzte und das Tonband einschaltete.

»Haben Sie meinem Sohn gesagt, dass er nach Anton sehen soll?«

»Er müsste bereits dort sein.« Rose war versucht, ihn auf den Mord an Claudia Herzog anzusprechen, hielt sich aber zurück. Er wollte die Ergebnisse des genetischen Abgleichs abwarten. »Wie kamen Sie an das Messer, Herr Barnabas?«

»Das habe ich doch schon ein Dutzend Mal gesagt. Die dunklen Gestalten. Das Messer steckte in meiner Tür. Ich blickte aus dem Fenster, da kam dieser Finten anmarschiert.«

»Tobias Finten?«

»Er kam einfach anmarschiert. Dabei hatte ich ihn des Hofs verwiesen. Er wollte mich mit seiner Höllenmaschine umbringen, habe ich Ihnen das erzählt? Er schuldet mir noch einen Pullover!«

»Das Messer!«

»Ich sah ihn also auf die Kapelle zukommen, da bin ich raus, um ihn fortzuschicken. Ich will mit diesem Verrückten nichts mehr zu tun haben. Da steckte das Messer in der Tür. Finten fragte noch danach, aber ich gab ihm natürlich keine Antwort. Ich zog das Messer aus dem Holz und legte es in die Scheune. Ich möchte nichts von den dunklen Gestalten im Haus haben.«

»Von Finten haben Sie bisher nichts gesagt.«

»Warum sollte ich? Er hat nichts mit dem Messer zu tun.«

Rose stand auf. »Ich muss telefonieren.«

»Wann kann ich wieder nach Hause?«

»Vielleicht bald.«

Rose hastete ins Büro und suchte die Nummer von Finten im Telefonbuch.

»Ja, ich war bei Barnabas.« Tobias Finten lachte bitter. »Aber er wollte nicht mit mir reden. Es passiert zurzeit viel Übles hier draußen, da wollte ich ihm sagen, dass meine Tür offen ist für ihn. Ich dachte, wir könnten uns vielleicht aussöhnen, aber mit diesem Mann ist nicht gut Himbeersaft trinken.«

Rose fragte nach dem Messer.

»Da steckte ein langer Dolch in der Tür. Barnabas war richtig erschrocken. Aber er antwortete nicht auf meine Fragen. Ließ mich einfach stehen und verschwand mit dem Ding im

Stall. Ich wartete noch eine Weile und bin dann wieder zum Dorf zurück.«

Rose legte auf und trat ans Fenster. Er sah wieder den Ritter von der traurigen Gestalt vor sich in seinem sinnlosen Kampf gegen die Windmühlen. Der Ritter hatte sein, Roses, Gesicht.

Dann dachte er an Dieter Barnabas. Er war jetzt an der Kapelle, versorgte die Tiere. Anton, die Hühner, der Stall, dahinter der Komposthaufen, er sah Karl Barnabas vor sich, wie er die silberne Schüssel ausleerte, Apfelbutzen, Obstreste, Tee und Eierschalen. Tee und Eierschalen.

Plötzlich wusste Rose, woher der Fund am Tatort stammte. Nicht von Anna Geisas Hühnern. Jemand musste die Eierschalen dorthin gebracht haben. Sie stammten von Barnabas' Anwesen. Jemand wollte, dass die Schalen dort gefunden wurden, aber weshalb?

Um die Aufmerksamkeit auf Karl Barnabas zu lenken, sagte sich Rose. Derjenige wollte, dass die Spurensicherung seine Fingerabdrücke findet, und er wusste auch, dass sie mit denen von Barnabas verglichen würden, die in der Kapelle genommen wurden. Nur deshalb wurde das Gewehr gestohlen, nur um Barnabas die Tat anzuhängen. Ein perfider Plan. Das Messer, das bei Barnabas auftauchte, sollte den letzten Beweis liefern.

»Der Verdächtige faselt nur wirres Zeug, nicht wahr?« Böhm war ins Zimmer gekommen. »Dunkle Gestalten! Das wird sein schlechtes Gewissen sein.« Ein kurzes Lachen entfloh seinem Mund. Geschäftig fuhr er den Computer hoch.

»Rufen Sie bitte den jungen Barnabas an, er soll seinen Vater abholen.«

»Weiß der Chef davon?« Böhm griff zu seiner Thermoskanne, blickte sich um und stellte die Kanne wieder ab.

»Ich regle das mit ihm. Barnabas ist nicht unser Mann. Irgendjemand möchte ihm den Mord in die Schuhe schieben.«

Rose wiederholte in Gedanken die letzten Worte. Er schob den Satz wie ein Ingwerbonbon im Mund hin und her. Dann verließ er das Büro. Wut sprang ihn an auf dem Weg zu Barnabas. Rose wollte sich keine Rechenschaft über dieses aufbrausende Gefühl ablegen, aber er wollte wissen, was Barnabas ihm verheimlichte. Er riss die Tür zum Verhörzimmer auf und sah den Kopf des Alten hochrucken, abrupt, wie der einer faltigen Echse.

»Wer möchte Ihnen etwas in die Schuhe schieben?« Rose musste sich zügeln, damit er nicht losschrie. »Und wer sind diese verdammten dunklen Gestalten? Reden Sie endlich! Ich habe keine Lust mehr, mir von jedem Halbwahrheiten anzuhören.«

Barnabas wich auf seinem Stuhl zurück. »Was reden Sie da? Ich weiß doch auch nicht mehr über die dunklen Gestalten. Sie umschleichen mich, sie stehlen mir Dinge oder verlegen sie, sie beobachten mich und legen mir diese Briefe hin.«

Er schüttelte missmutig den Kopf.

»Welche Briefe?«, rief Rose.

»Diese Kopien von der Ermordung Claudias.«

»Zeitungsartikel? Solche wie in Ihrem Don Quijote?«

Barnabas nickte. Rose beruhigte sich. Er setzte sich hin. Blickte Barnabas an und fragte sich, was ihn so in Rage gebracht hatte. Zahnloser Löwe, fiel ihm ein, als er den Alten betrachtete.

Rose beugte sich vor. »Wer könnte Sie in Zusammenhang mit dem Mord an dem Mädchen bringen? Und vor allem: warum?«

»Ich kann mir das alles nicht erklären«, sagte Barnabas. Seine Narbe am Hals leuchtete.

Die Narbe, dachte Rose, Finten. Zufällig war er da, als das Messer auftauchte. Vielleicht war er doch nicht so harmlos und gutmütig, wie er erschien.

Dann dieser Bär, Gerhart Kunkel. Er erzählte auch nicht alles, was er wusste, das spürte Rose. Auch war er da gewesen, als das Gewehr wieder auftauchte.

Selbst der alte Geisa hätte das Messer am Schuppen finden und es Barnabas in die Tür rammen können. Immerhin hatte seine Frau Krach mit Barnabas, genauso wie Finten und Kunkel. Es hätte auch jeder andere sein können, musste sich Rose eingestehen, er hatte einfach keine stichhaltigen Beweise, die auf den Täter hindeuteten. Nur diese Kopien machten ihn stutzig, es hatte also doch etwas mit dem Mord an Claudia Herzog zu tun.

»Ihr Sohn wird bald da sein«, sagte Rose und stand auf. »Sie können hier so lange warten.« Damit verließ er den Raum.

Keine halbe Stunde später wurde Rose verständigt, dass Dieter Barnabas an der Pforte sei. Er ging nach unten.

Der junge Barnabas war aufgebracht.

»Erst nehmen Sie meinen Vater fest, dann lassen Sie ihn wieder frei. Und ich soll ihn abholen, als sei es das Normalste von der Welt. Ein Anruf, und der Trottel von Barnabas flitzt los. Das nächste Mal überlegen Sie sich bitte, wen Sie festnehmen.«

»Ich dachte, Sie wären froh zu hören, dass Ihr Vater unschuldig ist«, sagte Rose.

»Ja. Natürlich.« Dieter Barnabas legte eine Hand in seinen Nacken. »Aber ich gebe gerade einen Kurs über Lederbearbeitung in den Lebenshilfewerkstätten. Und dann soll ich einfach alles liegen lassen und meinen Vater herumkutschieren. Es ist immer das Gleiche.«

»Geben Sie diese Kurse häufiger?«

»Nein. Das erste Mal. Claudia hat mich darum gebeten.«

»Claudia?« Rose schluckte. »Claudia Herzog? Sie spricht mit Ihnen?«

»Natürlich. Wir reden über alles.«

»Kommen Sie. Ich bringe Sie zu Ihrem Vater. Er wartet.«

NEUNZEHN

Der Morgen war klar und kalt. Die schneebedeckten Zacken der Gipfel standen wie Scherenschnitte in den blauen Himmel. Blau wie kalter Stahl. Der Wetterumschwung war nicht abzusehen gewesen. Am Nachmittag erst würden sich graue, zerfetzte Wolken in den Himmel mischen, um das Blau bis zum Abend vollends zu ersticken.

Doch noch strotzte der Himmel vor winterklarer Reinheit. Zwei Kolkraben als schwarze Spritzer im Blau. Ihr metallisches »Klonk, klonk« sprang in die Stille der Berge.

»Gams in der Steilwand.« Peter Jugowitsch zeigte schräg nach oben. »Guter Bock. Kannst schießen.«

Die Blicke der beiden Jäger tasteten sich bergauf.

In der grauen Wand stand eine starke Gams. Durch ihr graues Winterkleid beinahe nicht zu sehen. Doch den Augen des Berufsjägers Peter Jugowitsch blieb kaum ein Stück Wild verborgen. Die Iris seiner hellblauen Augen war mit braunen Schlieren durchsetzt, vom Tau geklärt, wie er sagte.

Die Gams äugte nach unten, die beiden weißen Gesichtsfelder zeichneten sich jetzt gut ab. Peter drückte die beiden Jäger bäuchlings in den verharschten Schnee. Sie verharrten eine Weile reglos, dann schoben sie sich ein Stück weiter. Er packte die Rucksäcke übereinander.

Ottl Häcker, der ältere der Gastjäger, legte das Gewehr auf die vorbereitete Unterlage. Im Absehen des Zielfernrohrs erschien die Gams nun nah und deutlich. Häcker atmete tief durch und richtete rasch den Zielstachel ein.

Als die Spitze genau in die Mitte hinter das Schulterblatt zeigte, krümmte er langsam den Zeigefinger auf dem Abzug und löste den Schuss.

Der Schlagbolzen rammte in das Zündhütchen, wodurch das Pulver in der Patronenhülse explodierte. Mit ungeheurer Kraft schleuderte das Projektil aus der Hülse und presste sich durch den Lauf. In der Luft erfuhr es eine weitere Beschleunigung und durcheilte die hundertfünfzig Meter zum Ziel in wenigen Millisekunden.

Der Knall drang nicht mehr an das Ohr des Tieres. Die Kugel grub sich durch das Fell und stanzte ein kleines rundes Loch in die Haut, um sich danach gemäß seiner Konstruktion zu deformieren. Die weiche Bleispitze des Geschosses pilzte durch den Aufprall auf und zerfetzte den Herzbeutel explosionsartig. Die Muskulatur der Herzwand zerriss, Lungenareale platzten, und das Geschoss durchschlug das Schulterblatt. Metall und Knochenfragmente rissen ein handgroßes Loch auf die Ausschussseite des Wildkörpers.

Die Gams ruckte beim Aufschlag der Kugel kurz zusammen, um mit einem gewaltigen Satz steil nach oben in die Luft zu springen. Für einen Moment schien die Schwerkraft aufgehoben, das Tier stand reglos in der klaren Bergluft, der Schuss hallte zwischen den Felsen nach. Dann war der Augenblick des schwerelosen Verharrens vorüber. Der Wildkörper stürzte jäh nach unten, schlug kurz oberhalb des Pirschweges auf und polterte den Abhang hinab, um nach wenigen Metern an federnden Latschenzweigen hängen zu bleiben.

Die Jäger stiegen hinab und packten das Tier an den schwarzen, wie Spazierstöcke geformten Hörnern. Keuchend und lachend schleppten sie die Beute auf den Weg.

Peter Jugowitsch zog einen Latschenast durch das Blut am Wildkörper und reichte dem Schützen händeschüttelnd das Bruchholz.

»Waidmannsheil! Guter Schuss.«

»Habt ihr gesehen, wie die Gams himmelte? Das nenne ich einen Moment der Erhabenheit«, sagte der zweite Jäger und klopfte dem Schützen lachend auf die Schulter.

Sie saßen eine Weile schweigend. Die Wintersonne wärmte, und das Glück gerann für einen Augenblick auf ihren Gesichtern. Dann warf Peter Jugowitsch das Tier auf den Rücken und stellte sich zwischen die Hinterbeine. Er hielt ein kleines Messer in der Hand.

Mit einem langen Schnitt öffnete er die Bauchdecke vom Innenschenkel bis zum Hals. Das Darmkonvolut drängte ihm schmatzend entgegen. Er ließ die Innereien auf die Seite gleiten, löste Leber und Nieren und legte diese in den leeren Bauchraum. Schließlich band er die Füße der Gams zusammen und befestigte sie an seinem Rucksack.

Die Männer setzten sich in Bewegung. Zurück blieben dampfende Darmschlingen, über denen bereits weit oben im klaren Blau die Alpenkrähen kreisten.

Nach einer Stunde erreichten sie die Jagdhütte. Der Ofen wurde angeschürt, Wasser aufgesetzt. Der Berufsjäger versorgte die Gams. Auf einem blättergeschmückten Zinnteller lag der Kopf mit seinen schwarzen, schlanken Hörnern.

»Hohe Krucken, deutliche Jahresringe«, sagte Ottl Häcker und betastete lächelnd seine Trophäe. Der andere Jäger, Gerhart Kunkel, hebelte den Korken aus einer Weinflasche.

Peter Jugowitsch blickte zum Himmel, der sich zugezogen hatte.

»Wird Schnee geben«, sagte er und kratzte sich im Nacken.

»Noch mehr Schnee. Besser absteigen? Was meinst du, Peter?« Ottl Häcker kam zur Tür.

»Jetzt, wo du deine Gams hast! Nichts da, erst wenn ich Waidmannsheil hatte«, rief Gerhart Kunkel von drinnen. Sein Lachen dröhnte aus der Hütte.

Es schneite den ganzen Nachmittag, und es schneite in die Nacht hinein. Die Männer saßen am Tisch. Eine Kerze brannte. Dicke, schwere Flocken lagerten sich auf das Fensterbrett. Ottl Häcker stand zum wiederholten Mal auf und blickte nach draußen.

»Die Hütte ist lawinensicher.« Gerhart Kunkel schenkte Tee nach. »Seit zweihundert Jahren steht die Hütte. Sie wird auch noch zweihundert weitere Jahre stehen.«

ZWANZIG

Nebel. Etwas lag im Nebel, was er nicht sehen konnte, dachte Rose. Er saß im Fond des Dienstwagens, der Richtung Engländer fuhr. In Sailauf dirigierte er den Fahrer zu Gerhart Kunkels Betriebshof. Dort angekommen erhielt er die Auskunft, dass Kunkel auf dem Ansitz sei. Unverrichteter Dinge kehrte er zum Wagen zurück.

Auf der Weiterfahrt nach Jakobsthal blickte Rose in den diesigen Wald. Er dachte an das Gespräch mit dem Fuhrunternehmer. Er hätte sich mit ihm aussöhnen wollen, sei dann aber wieder umgekehrt. Irgendetwas versuchte der Mann zu verbergen. Hatte er das Gewehr zurückgebracht?

Der Mann war ihm sympathisch. Er hatte nicht das Gesicht eines Mörders. Aber Rose war sich im Klaren, dass ein Mörder nicht das Gesicht eines Mörders haben musste. Was war überhaupt das Gesicht eines Mörders?

»Als ich gestern die Hauptstraße entlangfuhr«, sagte der Fahrer, »lief so ein kleiner Roboter auf dem Gehsteig entlang.«

»Und ein Raumschiff schwebte über dem Ort, wie?« Der Beifahrer lachte.

»Wenn ich es dir sage, ein kleiner Roboter! Wie ein verlorenes Kind, mutterseelenallein, wie ein verlorenes Kind.«

Rose musste lächeln, er konnte sich denken, wessen Roboter die Straße entlangspaziert war.

Auch Finten war nicht zu Hause. Rose stand unschlüssig vor der Einfahrt.

»Tobbi ist *dumpster diving*.« Ein Halbwüchsiger in einer zu großen Bomberjacke trug sein pickeliges Gesicht an Rose vorbei. Rose schaute ihn fragend an.

»Na, containern!«

»Was macht er?«

»Zum besseren Verständnis auf Geriatrisch: Schrott besorgen.« Der Junge tippte an seine Baseballkappe, ging seines Weges und ließ einen grinsenden Kommissar zurück.

»Dann zu Barnabas«, sagte Rose zu dem Fahrer. »Vielleicht ist der ja zu Hause.«

Im Schritttempo fuhr der Polizeiwagen durch den Kapellenweg. Rose blickte zu dem alten Geisa hinüber. Neben ihm saß Frau Sonntag und redete auf ihn ein. Alois Geisa starrte teilnahmslos vor sich hin. Er hielt eine Kaffeetasse in der bandagierten Hand. Ausgeliefert, kam es Rose in den Sinn, er lächelte, dafür war der Alte nicht allein.

Hinter dem Garten verdichtete sich die diesige Luft zu Nebel. Im Scheinwerferlicht huschte ein kleines Tier über den Teerweg. Der Fahrer bremste ab, um dann den Fuß auf dem Gaspedal durchzudrücken. Die Reifen drehten auf dem nassen Untergrund kurz durch, dann schoss der Wagen nach vorn.

Auf dem Hügel stand die Kapelle. Wie auf einem wolkigen See. Der Dienstwagen rauschte über den Kies auf Barnabas Hof. Die Stalltür stand auf, Pferd und Sulky waren nicht zu sehen.

Barnabas musste gleich nach seiner Entlassung einen Ausflug gemacht haben, dachte Rose. Es war ein Tag der Abwesenden. Er blickte in den Wald, zwischen den Stämmen hing der Nebel wie geronnene Milch.

»Fahren wir«, sagte Rose und ging zu dem Wagen zurück.

***

Anton rieb seine warmen Nüstern an Barnabas' Hals.

»Gute Nacht, mein Guter«, sagte Barnabas. Er hatte Anton nach der Einkaufstour trocken gerieben und eine Extraportion Kraftfutter in den Trog gegeben. Jetzt drückte er die Stalltür zu und verriegelte sie. Dann überquerte er den Platz. Der Kies duckte sich knirschend unter seinen Sohlen. Er blickte zum abendlichen Himmel, der Nebel hatte sich verzogen. Kurz über den Bäumen leuchtete kalt funkelnd der erste Stern.

Langsam kommt der Winter, dachte Barnabas, ich muss noch Holz besorgen. Mit dem großen Schlüssel öffnete er das

Tor und schloss von innen wieder ab. Am unteren Ende des Holztischs lag der Don Quijote. Neben dem aufgeschlagenen Buch standen eine angebrochene Flasche Rotwein und ein leeres Glas.

Barnabas zündete an der Kerze eine der krummen Zigarren an und warf einen Scheit Holz in den Kamin. Dann setzte er sich an den Tisch. Er dachte kurz an die Verhöre, schüttelte den Kopf. Diese Polizisten hatten keine Ahnung, sie verstanden nichts von den dunklen Gestalten, die ihm schaden wollten.

Es war eine windstille Nacht. Einmal schrie ein Kauz in der Nähe. Heiser, unheilvoll. Als Barnabas die zweite Flasche öffnete, hörte er kurz Anton wiehern. Dann war wieder Stille. Der Wein hatte ihn träge gemacht. Er warf Holz und den Zigarrenstumpen ins Feuer, trank einen Schluck Rotwein im Stehen, an den Tisch gelehnt, und betrachtete die Flammen. Es war ihm, als schlüge eine Tür gegen eine Wand. Er ging zu einem der beiden Fenster und zog den schweren Vorhang ein Stück beiseite.

Ein fahler Halbmond stand jetzt über den Bäumen. Der Wald war wie eine dichte, schwarze, zum Himmel ausgefranste Mauer. Barnabas blickte zur Scheune, ein dunkles Dreieck in der Nacht. Darin ein schwarzes, schmales Rechteck: Die Tür musste offen stehen. Er hatte sie verriegelt. Er war sich ganz sicher. Er wusste, was das bedeutete: die dunklen Gestalten. Sie waren da. Sie lauerten ihm auf. Sie wollten ihn nach draußen locken.

Die Flinte lag vor ihm auf dem Tisch. Zwei Schrotpatronen steckten in den beiden Läufen. Barnabas versuchte zu lesen, wobei er gleichzeitig auf die nächtlichen Geräusche von draußen achtete. Immer wieder stand er auf und ging zum Fenster. Alles schien ruhig zu sein. In der Ferne bellte ein Hund. So wie der Wind wehte, musste das Bellen aus dem Ort kommen, schätzte Barnabas.

Er las den Anfang des Kapitels bereits zum dritten Mal. Dann atmete er tief durch. Mit einer schnellen Bewegung schloss er das Buch, stand auf, packte die Flinte und ging zur Tür. Lautlos schob er den Riegel zur Seite und drehte den Schlüssel im Schloss, dann drückte er behutsam die Klinke nach unten und öffnete die Tür einen Spalt weit.

Kühle Luft wehte ihn an. Der Mond stand bereits am westlichen Horizont und würde bald untergehen. Der Platz vor dem Haus lag im Schatten der Nacht.

Barnabas streckte seinen Kopf nach vorn und lauschte. Der Wind in den Baumwipfeln, ein leises Knacken von einem Nagetier im Unterholz, das kurze Geraschel eines träumenden Huhns im Stall, das ferne Brummen eines Flugzeuges irgendwo am nächtlichen Himmel, das Rauschen seines eigenen Blutes im Ohr. Er trat einen Schritt vor die Kapelle, bereit, sichernd, mit der Mündung der Flinte einen Halbkreis beschreibend. Barnabas zog die Tür hinter sich ins Schloss, dann machte er sich auf den Weg zur Scheune. Schritt für Schritt, voller Umsicht, zusammenzuckend wegen des Geknirsches des Kieses unter den groben Sohlen.

Die Tür stand offen. Warmer Stalldunst hüllte ihn ein, doch ein seltsamer metallischer Geruch mischte sich dazu, ließ ihn innehalten. Er kannte den Geruch. Den Geruch von Blut. Er lauschte im Dunkeln auf die Atemzüge seines schlafenden Pferdes. Nichts. Er konnte Anton nicht hören.

Barnabas griff nach dem Lichtschalter. Die Helligkeit ließ ihn die Augen zusammenkneifen. Vor ihm lag in einer dunklen Lache aus Blut der braune, schwere Körper, den Kopf im Krampf nach hinten gestreckt. Wie ein grausiger Mund öffnete sich die Schnittwunde an Antons Hals, eine weitere klaffte direkt hinter dem Vorderbein, in Höhe des Herzens. Er sackte zusammen, er kniete in dem fingerhohen Blut am Boden des Stalles, dann warf er sich auf Anton, umklammerte dessen Hals und drückte seinen Mund an das Fell des Tieres.

Ein leises Röcheln drang an Barnabas' Ohr, er richtete sich auf und sah kleine, schaumige Blutblasen an den Nüstern. Anton verdrehte das Auge, sodass Barnabas für einen kurzen Moment nur das Weiß der Skleren sah.

»Anton, du lebst?«, flüsterte er.

Da holte das Tier kurz Luft und atmete zum letzten Mal lange und traurig aus. Ein Zittern ging durch den großen Körper, dann erschlaffte sämtliche Muskulatur. Über die Augen legte sich ein nebelfeiner Schleier.

Barnabas hatte dies häufig beobachtet, wenn er sich zu erlegtem Wild setzte und die Lichter oder Seher betrachtete. Die Seele geht, dachte er dann.

Doch jetzt dachte er nicht an das Entfliehen der Tierseele, jetzt lag er dumpf, beinahe selbst wie tot, und hätte seine trockenen Tränen gern gegen Antons verflossenes Blut eingetauscht, hätte sein Leben hingegeben, um den treuen Kameraden wiederauferstehen zu lassen.

EINUNDZWANZIG

Ottl warf den Löffel auf den Tisch, wuchtete seinen Körper auf die Füße und drängte zum Fenster. Sein Blick stocherte in die Nacht. Dann wandte er sich abrupt um und riss seinen Ehering vom Finger.

»Gib ihn meiner Frau, wenn etwas passiert.«

»Jetzt beruhige dich. Was soll denn passieren? Peter sagt, dass die Hütte lawinensicher ist.« Gerhart Kunkel zupfte an seinem Vollbart.

»Nimm den Ring«, Ottl blickte seinen Freund an, »bitte.«

»Ich gebe ihn dir morgen früh zurück«, sagte Gerhart.

Peter Jugowitsch hockte vor dem Ofen und schob ein Stück Holz in die Glut.

»Viel Schnee heute. Hütte vielleicht eingeschneit. Morgen keine Jagd, wir werden warten müssen.«

»Da hörst du es.« Ottl machte zwei Schritte zum Fenster, blieb stehen, drehte sich um. »Lass uns die Gams tottrinken.«

Er sackte schwer auf die Bank.

»Das hört sich schon besser an.« Gerhart Kunkel schenkte drei Gläser voll. »Auf die Gams, auf das Jagen.«

Sie leerten die Gläser, Gerhart schenkte nach.

Ottl stürzte den Wein hinunter. »Wird schon schiefgehen. Schenk nach!«

»Wie die Gams himmelte. Das war ein Anblick. Ich sage dir: Das war Erhabenheit!« Gerhart strich über das schwarze Horn der Trophäe.

»Ich muss dir etwas erzählen.« Ottl griff sich an die Stirn. »Vielleicht bilde ich es mir auch nur ein.« Er starrte zum Fenster.

Dann berührte er Gerharts Arm.

»Es ist lange her. Etwa fünfundzwanzig Jahre. Wir waren zum Jagen verabredet.«

Er legte die Hände vor sein Gesicht. Ein Schütteln durchbebte seinen stämmigen Körper.

»Lass gut sein, Ottl«, sagte Gerhart, »morgen geht die Sonne wieder auf. Du hast heute eine starke Gams erlegt. Das bisschen Schnee.«

»Ich muss es loswerden«, presste er heraus. Er legte die Hände vor sich, wie zum Gebet.

»Du weißt, wie pünktlich Karl ist«, sagte Ottl dann.

Gerhart lächelte. »Wir haben schon oft über seinen Pünktlichkeitswahn gelacht. Weißt du noch, wie wir an der Glomma angeln waren und endlich die Fische bissen, aber er unbedingt rechtzeitig zu der Einladung mit den drei Norwegerinnen kommen wollte?«

»Überpünktlich. Beinahe krankhaft. Er kam nie zu spät.«

»Nie«, bestätigte Gerhart.

Ottl nahm die Hände vom Gesicht. »Nur dieses eine Mal. Wir waren abends verabredet. Um sieben wollten wir auf den Ansitz. Er kam zwei Stunden später.«

»Unmöglich!« Gerhart lachte.

»Fahrig, nervös, nicht er selbst. Er kam ohne Mantel, im November. Seine Stiefel waren blutverschmiert.«

Ottl trank sein Glas leer und starrte auf den Tisch, als stünden dort die blutigen Schuhe.

»Er wird jagen gewesen sein.«

Gerhart schenkte nach. Der Berufsjäger Peter Jugowitsch reckte die Arme und begann sich auszuziehen. Er hängte Hose und Hemd über einen Haken, schürte nach und legte sich in eines der Betten.

»Das dachte ich auch. Er drängte mich, mit auf den Ansitz zu gehen, obwohl es bereits nach neun war. Später tranken wir noch eine Flasche Wein. Als er aufbrach, nahm er meine Hand und sagte, dass wir doch Freunde seien. Das sollte ich nicht vergessen, dann ging er.«

Gerhart stand auf und holte eine Kerze, die er auf den flackernden Stumpf im Kerzenständer steckte. Für einen Moment war es dunkel in der Hütte, dann streckte sich die Flamme und erhellte die Gesichter am Tisch. Ottl starrte bleich in das Licht.

»Na dann, vergiss es nicht. Wir sind ja auch schon lange

Freunde und werden es wohl bleiben, bis der große Jäger uns holt. Auf die Freundschaft.« Gerhart erhob sein Glas.

»Zwei Tage später las ich in der Zeitung, dass Claudia Herzog ermordet worden ist.«

»Das war doch die Freundin von Dieter. Ich erinnere mich. Der Junge hat sich ja nie mehr erholt von der Geschichte.« Er riss die Augen auf. »Und du meinst, dass Karl, Dieters eigener Vater? Du bist verrückt!«

»Der Mörder wurde bis heute nicht gefunden.«

»Hör auf, Ottl! Das glaubst du doch selbst nicht.«

»Du weißt doch, wie Karl immer spann, wenn irgendwo junge Dinger auftauchten. Es tut mir in der Seele weh, wenn ich solche Mädchen sehe, das sagte er mehr als einmal.«

»Wenn er besoffen war.« Gerhart trank sein Glas leer und haute es auf den Tisch.

Ottl stand auf. »Lass uns schlafen gehen.«

»Alte Geschichten«, sagte Gerhart, »lass die alten Geschichten ruhen.«

Die drei Männer lagen in den Betten, das Feuer im Ofen war längst heruntergebrannt. Ottl warf sich seufzend herum, als ein Zittern durch die Hütte ging. Ein leises Beben, als hätte sich ein gewaltiges Tier im Boden gerührt. Das Zittern verlor sich in der Nacht. Es herrschte einen Moment Stille, absolute Stille, selbst die Schlafenden schienen nicht zu atmen: Dann brach es los.

Die dicke Schicht aus Neuschnee kam auf dem harschen, gefrorenen Untergrund ins Rutschen. Langsam erst, wie ein müder Riese, der auf die Beine kommen will, bewegte sich die Masse, dann ging es schnell und schneller. Als wütete die Nacht gegen den Berg, schwoll ein Grollen oberhalb der Hütte an, begann ein Brüllen, und bevor die Männer wach wurden, war der gesamte Berg in Bewegung. Eine riesige sich überschlagende, rollende, stampfende, tosende Flut raste zum Tal, riss alles mit sich, was Schnee und Eis und Stein und Stock war.

Wie ein gewaltiger, brüllender Flügel breitete sich weiße, dräuende, drängende Dunkelheit über die Hütte, saugte und blies und riss, rüttelte und zerbarst Eisen und Stämme und Stein.

Die Männer, inmitten des Heulens und Brüllens, schleuderten zwischen den Wänden aus Holz, dem berstenden, hin und wirbelten her, zwischen den kreischenden Balken und Pfosten, dem kalten hereindringenden, todbringenden, nächtlichen Weiß. Bergab, im Wirbel, im Rasen, ein Drehen, ein Schlagen und Zerren, ein Begraben und Rutschen und Drücken und Gleiten in Ruhe und Stille und Nacht. Und nichts.

Lautlos am Ende.

Lange war Ruhe. Hart und klar standen am Himmel die Sterne. Wo sich einst die Hütte befand, war eisiger Schnee. Schnee war oberhalb und unterhalb, nur ein paar schwarze Balken ragten aus dem nächtlichen Hang, hier und da. Der kleine Schuppen, geduckt unter einem Felsen, nahebei, stand unversehrt.

Eine Bewegung im Schnee. Ein Winken nur, losgelöst. Ein Aufrichten, ein Körper, gebrochen, taumelnd, in der Nacht. Ein Suchen und Tasten. Ein Röcheln und Spucken.

Ottl fand beide. Er packte den Peter und schleifte ihn mit sich, den Gerhart nahm er am Arm und zog den schweren Körper des Freundes, der wie im Schlaf lag, nach oben.

Beide brachte er in den Schuppen unter dem Fels. Langsam kamen sie zu sich, schwach, verwundert, wimmernd. Der Peter lag im alten Stroh, schob sich zwischen die Halme, das Bein seltsam verdreht. Er sprach leise eine Litanei, zitternd, abwesend. Der andere, Gerhart, blickte stumm um sich, wusste nicht, wo er war. Die Dunkelheit, der schwarze Ausschnitt der Tür in der Nacht, das Beten Peters, Ottls Gurgeln.

Ottl saß an der Hüttenwand. Er hatte sie aus dem Schnee gezogen, hierhergeschleift, jetzt saß er und röchelte, und Gerhart konnte nicht fragen, wollte nicht sprechen. Er hörte den Atem des Freundes, das Schmatzen und Spucken. Peter murmelte leise, Gerhart lag, ungläubig, langsam begreifend, und Ottl giemte und gurgelte.

Es war die Zeit, die nicht verging, und doch wurde der Ausschnitt in der Tür grau, und das Innere des Schuppens nahm

Gestalt an, zeigte Umrisse im Schwarz. Und Gerhart sah Peter liegen im Stroh, wimmernd oder betend, und Ottl an der Wand, dessen Atem gluckerte. Das Gesicht war ihm fremd, verformt im Dämmerlicht, etwas fehlte. Ottls Kinn fehlte. Wie ein Stöckchen hing die Zunge aus dem Hals, das geronnene Blut verlängerte sie zu einer langen Spitze, stetig tropfend am Ende.

Ottl blickte ihn an, er schien zu sprechen, ein Lallen, ein Blubbern, unverständlich. Gerhart dämmerte wieder weg. Lange. Wie lange?

Das Schrapp-Schrapp des Hubschraubers weckte ihn. Klar und strahlend das Licht, blau wie Kristall der Himmel vor der Scheunentür. Gerhart erschauderte vor dem erhabenen, überirdischen Strahlen.

Peter Jugowitsch hockte im Schnee auf seinem zertrümmerten Bein und winkte dem Helikopter. Ottl röchelte und gurgelte nicht mehr. Reglos wie ein Stein saß er an die Wand des Schuppens gelehnt. Auf seinem Bauch eine dicke Masse geronnenen Bluts. Zwei lebten.

ZWEIUNDZWANZIG

Auf dem Rückweg von Jakobsthal nach Sailauf kam ihnen nur ein Fahrzeug entgegen. Rose hatte das einschläfernde Gefühl, einen unendlichen Nebelwald zu durchqueren. Er atmete auf, als das gelbe Ortsschild auftauchte.

Er bat darum, noch einmal Kunkels Fuhrhof anzusteuern. Diesmal stand der grüne Landrover vor dem Haus. Sie hielten direkt daneben. Kunkel stand an der geöffneten Rücktür des Geländewagens. Er hatte blutige Hände.

Als Rose zu ihm trat, zerrte er ein Wildschwein aus dem Wagen. Er lachte.

»Da habe ich Schwein gehabt, der Frischling weniger. Was läuft der auch am helllichten Nachmittag durch die Gegend? Wahrscheinlich ist die Bache irgendwo totgeschossen worden.«

Er packte das Tier an den Hinterbeinen, trug es zu einer Metalltür an der Seite des Hauses und bat Rose, diese zu öffnen. Rose legte den Riegel um und zog die Tür auf. Wie ein Schwall kalten Wassers drang die feuchte Luft aus dem Kühlraum. Gerhart Kunkel zerrte das Tier über die Fliesen, eine blutige Bahn hinterlassend, und hängte den Frischling an einen Haken. Er grinste.

»Können wir in Ihr Büro gehen?«, fragte Rose.

Kunkel streckte die Arme hoch. »Darf ich?«

Er ging zu einem Waschbecken an der Außenwand des Hauses und wusch das Blut von seinen Händen. Dann leitete er den Kommissar ins Innere.

Im Büro trat Rose zu dem Bild, auf dem Dieter Barnabas zwischen seinem Vater und Gerhart Kunkel stand.

»Wer ist eigentlich der vierte Mann auf dem Foto?«

Kunkel blickte zu Boden. »Ottl Häcker. Einer der Besten. Er kam bei einer Lawine ums Leben.« Seine Stimme war leise geworden, kraftlos. »Dabei hatte er immer Angst vor Lawinen.«

Rose betrachtete das Gesicht des Mannes. Es war ihm fremd, aber den Namen hatte er schon gehört. Er kehrte in Gedanken zu dem Gespräch mit Else Barnabas zurück.

»Genau«, sagte Rose über seinen Geistesblitz erfreut. Er sagte es mehr zu dem Bild als zu dem großen Mann neben sich. »Ottl Häcker war an dem Abend mit Karl Barnabas zusammen auf der Jagd, als Claudia Herzog ermordet wurde.«

Kunkels großer Körper wich einen Schritt zurück. »Das ist ewig her. Wer hat Ihnen davon erzählt?«

Auf diese Reaktion war Rose nicht vorbereitet, Kunkel war durch die Erwähnung des toten Mädchens einen Moment aus der Fassung geraten.

»Was wissen Sie über die Sache?«, fragte Rose.

»Das ist lange her.«

»Mord verjährt nicht, Herr Kunkel. Und ungeschehen wird ein Verbrechen auch nicht, wie lange es auch her sein mag.«

»Ich weiß nur, was in der Zeitung stand und dass Dieter der Freund der Kleinen war.«

»Kannten Sie das Mädchen?«

»Nicht persönlich. Aber Dieter wurde nach der Sache ganz melancholisch. Ich glaube, er hat sich nie mehr davon erholt. Ich sagte immer, Mensch, Junge, such dir ein anderes Mädel, aber er schien mich gar nicht zu hören. Wissen Sie, dass er bis heute keine Freundin hatte, soweit ich weiß? Das ist doch auch nicht gesund.«

»Aber mit zur Jagd ist er schon?« Rose blickte wieder auf das Bild.

»Ich sagte Ihnen schon, dass er nicht wirklich passioniert ist. Er hat den Jagdschein wegen seinem Vater gemacht.«

Rose hatte weiter das Bild betrachtet. Dieter Barnabas' Mantel stand ein Stück offen, er war mit Fell gefüttert. Er zeigte auf das Bild.

»Ist das ein Fuchsfell in dem Mantel?«

»Nur bester Balg. Den Lodenmantel hat sich Karl anfertigen und mit Fuchsfellen füttern lassen. Dann stellte er fest, dass er ihm zu groß war, und schenkte ihn seinem Sohn.«

Kunkel lachte laut. »Sie hätten ihn sehen sollen, als er voller

Stolz seinen Mantel anprobieren wollte und die Ärmel viel zu lang waren. Beinahe hätte er ihn vor Wut in den Kamin geschmissen! Dann schenkte er den Mantel seinem Sohn zum Geburtstag. Dieter wunderte sich, da er sonst nie etwas zum Geburtstag bekam. Er trug ihn selten, und ich weiß nicht, ob er ihn nicht schon lange in die Altkleidersammlung gegeben hat.« Er lachte wieder. »Aber das ist etwas ganz Edles. Hat mir so gut gefallen, dass ich mir auch einen anfertigen ließ. Ich brauchte nur ein paar Bälge mehr.« Er klopfte sich mit beiden Händen auf den Bauch.

Rose hatte weiter das Bild betrachtet, für einen Moment hielt er den Atem an. Dieter Barnabas trug ein langes Jagdmesser am Gürtel. Mit solch einem Messer war Anna Geisa erstochen worden.

»Ich muss los«, sagte Rose hastig.

»Wenn ich Ihnen helfen kann, lassen Sie es mich wissen.«

»Wenn Sie wirklich helfen wollen, stimmen Sie einer Speichelprobe und der Abnahme von Fingerabdrücken zu.«

»Wozu das denn?« Kunkel richtete sich auf, dann sackte er ein wenig zusammen. »Im Falle einer Weigerung würde ich mich sicher verdächtig machen.«

»Das würden Sie«, sagte Rose und tastete nach dem Mobiltelefon. »Ich sage auf der Dienststelle Bescheid, dass Sie dann vorbeikommen.«

Kunkel nickte grimmig.

»Ich bin ganz und gar nicht damit einverstanden, wie Sie meine Anweisungen missachten.« Kriminalrat Mehling fuhr mit der flachen Hand über die Schreibtischplatte, als wolle er seinen Ärger wegwischen. »Natürlich sehe ich ein, dass die Beweisdecke etwas dünn war, aber vor der Entlassung dieses Barnabas hätten Sie mit mir reden müssen! Haben Sie einen konkreten Verdacht? Ich hoffe doch, dass Sie einen konkreten Verdacht haben.«

»Geben Sie mir noch zwei, drei Tage Zeit.«

»Zwei, drei Tage! Ich muss meinen Kopf hinhalten, und die Medien ziehen die Schlinge enger. Ständig werden wir im Radio verhöhnt. Es muss etwas passieren!« Er rückte einen Stift auf dem beinahe leeren Schreibtisch zurecht.

Rose hatte nicht den Eindruck, dass die Polizeiarbeit in der Presse schlechtgeredet wurde, aber das behielt er für sich, um das Gespräch nicht in die Länge zu ziehen.

»Also«, Mehling beugte sich zu Rose, »was haben Sie vor?«

Rose hatte keinen Plan, nicht einmal eine vage Idee, wie er vorgehen sollte. Er wusste nur, dass das Jagdmesser von Dieter Barnabas mit den Einstichstellen in Anna Geisas Brust und Bauch verglichen werden musste. Dann hatte er die Ergebnisse der Laboruntersuchungen abzuwarten. Mehr konnte er im Moment nicht tun.

Diese Untätigkeit machte Rose allerdings zu schaffen, denn er spürte, dass etwas vorging. Die Sache war mit Anna Geisas Tod nicht vorüber, so viel war Rose klar.

»Wie Sie richtig bemerkt haben, ist die Beweisdecke an allen Ecken und Enden zu dünn«, sagte Rose.

Mehling nickte zustimmend.

»Ich habe Verdachtsmomente in verschiedene Richtungen. Im Grunde weisen alle Indizien auf zwei, drei mögliche Täter hin. Darüber möchte ich in diesem Moment aber nichts sagen. Daher werde ich versuchen, den oder die Täter mit unwiderlegbaren Fakten festzunageln. Moderne polizeiliche Mittel, Laboruntersuchungen, die noch ausstehen, und Recherche vor Ort. Nicht nur der Richter, sondern auch die Öffentlichkeit soll überzeugt werden! Sie verstehen?«

»Natürlich.« Mehling rieb sich die Hände. »Auf was warten Sie noch?«

Auf dem Weg zur Tür lächelte Rose, als er seinen Namen hörte.

»Ach, noch etwas, Herr Kollege.« In Mehlings Stimme wehte ein drohender Unterton. »Versuchen Sie mich das nächste Mal nicht für dumm zu verkaufen. In zwei Tagen möchte ich Fakten sehen.«

»Und was sagt der Chef?« Böhm bewegte hastig die Computermaus und schloss das Fenster auf dem Bildschirm. Neben ihm lag ein Prospekt, auf dem ein verschneites Hotel abgebildet war.

Rose setzte sich ihm gegenüber. »Wo haben Sie Ihren Urlaub gebucht?«

Böhm wischte sich mit einem Taschentuch über die Stirn. »Meine Frau möchte in die Berge, meine Tochter ans Meer, und ich würde am liebsten zu Hause bleiben.«

Er schob den Prospekt in eine Schublade.

»Das sind echte Herausforderungen.« Rose versuchte einen Zettel zu finden, auf dem er sich die Abfahrtszeiten des Busses nach Jakobsthal notiert hatte. Er knüllte ein paar Zeitungen zusammen und warf sie neben den Schreibtisch auf den Boden. Böhm schob mit dem Fuß seinen Papierkorb zu Rose.

»Sind die Laborergebnisse da?«, fragte Rose.

»Wenn Sie den genetischen Abgleich mit dem Todesfall Claudia Herzog meinen, muss ich Sie enttäuschen. Da ist irgendein Durcheinander passiert, kann noch etwas dauern.«

»Machen Sie denen Dampf, es ist wichtig.«

Nach den Zeitungen und Bäckertüten begann Rose alle Schmierzettel und unnötigen Papiere zu entsorgen. Die Unordnung auf seinem Schreibtisch machte ihn plötzlich nervös. Wochenlang hatte ihn im Gegensatz zu Böhm der Anblick seines Arbeitsplatzes kaltgelassen, jetzt wollte er Ordnung, Übersicht und Klarheit.

Böhm schaute ihm interessiert zu. »Was haben Sie vor, Richard?«

Rose hielt kurz inne, seit wann nannte ihn sein Kollege beim Vornamen?

»Aufräumen.«

»Ich meine, in dem Mordfall Geisa?«

»Ich weiß es nicht!« Rose war über seine Antwort überrascht. »Ich weiß es wirklich nicht. Eine kleine Ahnung, aber Messer gibt es viele.«

»Da haben Sie recht«, sagte Böhm, wobei er auf seinen Bildschirm starrte.

Rose blickte einen Moment aus dem Fenster. Am klaren

Herbsthimmel waren zwei Flugzeuge zu sehen. Ihre Kondensstreifen überschnitten sich und bildeten die Form eines Kreuzes. Rose sprang auf und verließ mit einem kurzen Gruß das Büro. Böhm rief ihm etwas hinterher, doch Rose hatte die Tür bereits geschlossen.

Vor der Dienststelle passte Rose einen Einsatzwagen ab, der ihn mit in die Stadt nahm.

Vom Freihofsplatz ging er durch die Sandgasse. Auf der Höhe der Bäckerei Hench sah er einen Mann vor sich, der eine große Plastiktüte an einer bandagierten Hand trug.

»Grüß Gott, Herr Geisa. Haben Sie ein paar Einkäufe gemacht?« Rose verlangsamte seinen Schritt.

Der Alte schien ihn nicht zu erkennen.

»Einen Anzug habe ich gekauft. Für Annas Beerdigung. Verbrannt ist sie. Jetzt bin ich allein. Mit meinem neuen Anzug.«

»Dann hat sie die Gerichtsmedizin freigegeben?«

Alois Geisa antwortete nicht. Sein Mund formte ein Lächeln, die Augen begannen zu glänzen.

»So hübsch«, sagte er tonlos und ging weiter. Er war in seiner Welt.

Vielleicht, dachte Rose, ist er gerade bei seiner Anna.

»Bin gleich zurück« – der Zettel an der Schusterwerkstatt erinnerte Rose an das Gespräch mit Dieter Barnabas. Auch in seiner Wohnung über der Werkstatt war er nicht anzutreffen. Rose hatte fünfzehn Minuten gewartet, wobei er mehrfach vergeblich versucht hatte, Dieter Barnabas auf seinem Mobiltelefon anzurufen, dann ging er durch das Schöntal zur City-Galerie, wo die Busse nach Jakobsthal anhielten.

Als der Bus in die Haltebucht einbog, klingelte Roses Mobiltelefon.

»Hier Böhm. Der genetische Abgleich ist da.«

Rose lauschte in den Hörer, Böhm wollte die Sache anscheinend spannend machen.

»Links oder rechts?«

»Wie bitte?« Böhms Stimme war eine Oktave höher gerutscht.

»Die versteckten Hände! Das ist die alte Frage der Großmütter, die ihren Enkeln Schokolade mitbringen«, erklärte Rose und suchte, während er das Telefon an sein Ohr hielt, nach Kleingeld.

Der Fahrer sagte etwas zu Rose, was dieser nicht verstand, dann reichte er ihm die Fahrkarte.

»Die Spermien aus der Scheide der getöteten Claudia Herzog stammen mit 99,9-prozentiger Sicherheit nicht von Karl Barnabas. Er ist damit, zumindest aus dem Herzog-Fall, raus. Ach, und dieser Gerhart Kunkel war für die Daktyloskopie und zur Speichelprobe hier.«

Rose atmete auf. Wäre der genetische Abgleich positiv ausgefallen, hätte er seine Menschenkenntnis mehr als angezweifelt. Und doch, musste er sich eingestehen, hatte der Schatten eines Verdachts, was Karl Barnabas und den Mord an Claudia Herzog betraf, auf ihm gelastet.

Er setzte sich in die hinterste Sitzreihe. Der Bus ruckelte los. Er lehnte schwer den Kopf an die Fensterscheibe und blickte nach draußen. Fußgänger mit bunten Plastiktüten, hupende Autos, Reklametafeln, hohe Häuserzeilen, die Brücke, dahinter Gleisanlagen, eine Unterführung, der protzige Bau einer Krankenkasse, vierspurige Ausfallstraße, das lang gestreckte Gebäude der Regionalzeitung, Tankstellen, Fast-Food-Restaurants, Autobahnauffahrt, sechsspuriger Verkehr, Tunnel, Ausfahrt, Landstraße, Brachen, Vororte, abgeerntete Felder, Hecken, Bäume, Vögel, Himmel, dazwischen, darunter, dabei Roses Blicke. Die Müdigkeit war mit ihm eingestiegen, hatte Platz genommen, war näher gerückt und ihm in den Leib gekrochen.

Der Bus schnaufte die kurvige Straße hinter Sailauf hoch. Rot gefärbte Blätter an herbstmüden Bäumen. Wald, dachte Rose, Feuerwald. Das Engländerhaus kam in Sicht, ein paar Autos parkten vor dem Gasthaus, der Bus beschleunigte. Er musste jeden Moment abbiegen, in diesem Tempo war das kaum möglich, dachte Rose. Doch der Fahrer ignorierte die Abzweigung nach Jakobsthal, ließ den Bus weiterschnaufen, stetig bergan. Rose stand schwer auf, unsicher, ging nach vorn.

»Ich wollte nach Jakobsthal.«

Der Fahrer blickte unbeirrt auf die Straße. »Jakobsthal? Da hätten Sie den Bus nach Jakobsthal nehmen müssen.«

»Ich sagte Ihnen doch beim Fahrkartenkauf, dass ich nach Jakobsthal möchte.«

»Und ich sagte, dass wir nicht nach Jakobsthal fahren.«

»Können Sie mich hier rauslassen? Ich gehe dann zu Fuß.«

»Das verstößt gegen die Beförderungsvorschriften.«

Rose gab es auf. Er ging zu seinem Sitzplatz zurück. Setzte sich, wartete.

In Heigenbrücken stieg er am Bahnhof aus und nahm den nächsten Zug nach Aschaffenburg zurück. Auf halber Strecke klingelte das Mobiltelefon. Eine verzerrte Stimme hallte im Hörer. Es war Böhm.

»Barnabas hat Anzeige gegen unbekannt erstattet. Jemand tötete sein Pferd. Wo sind Sie eigentlich?«

»Das Pferd? Anton?«

Rose blickte das Telefon an. Er drückte die Auflegetaste, als könnte er die Information ungeschehen machen. Etwas war in diesem Wald, was Rose Angst machte. Barnabas' dunkle Gestalten rückten näher, und er konnte sie noch nicht ausmachen. Eine weitere Sache quälte ihn. Das Messer. Er musste wissen, ob das Messer auf dem Foto an Dieter Barnabas' Gürtel und die Tatwaffe identisch waren. Bald.

Am späten Nachmittag kam Rose in Aschaffenburg an. Bei seiner ersten Ankunft in dieser Stadt, damals, als er den Mord an dem Schlachthofdirektor klären sollte, war der Bahnhof noch ein kleiner, etwas heruntergekommener Provinzbahnhof gewesen. Jetzt hatte er sich in eines dieser Zwitterwesen aus Abreiseterminal und Einkaufszone verwandelt und damit sein Gesicht, seine Eigenheit verloren. Schöner, größer, sauberer. Aber auch austauschbarer. An der Außenwand entdeckte Rose dankbar ein Relikt, das ihm schon damals aufgefallen war und den Umbau überstanden hatte. Es war ein Relief im Stil der fünfziger Jahre, aus großen Wandkacheln zusammengefügt. Ein schwebender Reisender mit geflügelten Schuhen, ein Hermes mit Koffern.

Rose blickte auf die Uhr und ärgerte sich über die verlorene Zeit, über seine Unaufmerksamkeit, als er den Bus bestiegen hatte, über die Unordnung in seinem Leben. Das oberflächliche Aufräumen des Schreibtischs hatte wohl nicht ausgereicht. Gleich morgen früh würde er zur Kapelle fahren.

Hastig ging er durch die belebten Straßen, querte das Schöntal, ohne einen Blick für die herbstlichen Rabatten voller Spätblüher. Eine Unruhe hatte sich seiner bemächtigt, er hatte das Gefühl, dass die Zeit drängte.

In der Stadelmannstraße blieb er kurz vor dem geöffneten Tor stehen, dann ging er in den Hof. Dieter Barnabas war noch immer nicht zurück. Rose rief bei Else Barnabas an, dann auf der Dienststelle.

»Wo waren Sie? Der Chef hat nach Ihnen gefragt, er wollte wissen, wo Sie sich herumtreiben.« Böhm schnaufte in den Hörer.

»Ich stehe vor der Schusterwerkstatt. Dieter Barnabas ist nicht hier und auch nicht auf seinem Mobiltelefon erreichbar. Seine Mutter weiß auch nicht, wo er steckt. Ich sagte ihr, dass sie uns verständigen soll, wenn er auftaucht.«

»Gibt es neue Erkenntnisse?«, fragte Böhm interessiert.

»Ich habe auf einem Foto ein großes Jagdmesser an seinem Gürtel entdeckt. Ich möchte wissen, ob er es noch hat. Dann muss das Messer, das im Stall gefunden wurde, mit dem auf dem Foto verglichen werden.«

»Jeder Jäger hat ein Jagdmesser, denke ich«, sagte Böhm, wobei sich seine Stimme jetzt weniger interessiert als gelangweilt anhörte.

»Trotzdem. Ich denke, es ist wichtig.«

»Soll ich deshalb eine Fahndung rausgeben?« Böhms Stimme klang eine Spur verächtlich. »Wahrscheinlich ist er bei seinem Vater. Haben Sie dort angerufen?«

»Da kann man nicht anrufen.« Rose hielt kurz inne. »Suchen Sie bitte die Telefonnummer von den Lebenshilfewerkstätten heraus, da wird es ja nicht so viele geben, und fragen Sie, ob Barnabas dort ist. Und rufen Sie Frau Sonntag in Jakobsthal an, ob Dieter Barnabas' Wagen an ihrem Haus vorbeigekommen ist; wenn es jemand weiß, dann sie. Ich komme gleich ins Büro.« Er drückte die Auflegetaste.

Rose stand eine Weile unter dem großen Schuh des Reklameschildes. Kaum ein Auto fuhr durch die Straße. Er blickte sich noch einmal um, dann ging er in den Hof zurück. Schnell nahm er die Treppe, stand vor einer Wohnungstür. Lauschte. Wartete. Dann drückte er kurz die Klingel über dem Namensschild: »D. Barnabas«. Noch immer kein Laut.

Er wollte es wissen, er musste es wissen. Seinem Portemonnaie entnahm er eine Scheckkarte und schob sie in den Türspalt. Er drückte die Tür von sich weg, um den Spalt zu vergrößern, dabei zog er die Karte, bis er einen Widerstand verspürte, nach unten, rüttelte an der Tür und drängte mit der Karte den Verschlusszapfen zurück. Rose atmete auf, Barnabas hatte nicht abgeschlossen, nur zugezogen.

Die Tür öffnete sich geräuschlos. Ein dunkler, enger Flur blickte ihn an. Rose zog ein Paar Einweghandschuhe aus seiner Tasche und streifte sie über die Hände. Dann trat er ein.

An der Garderobe hingen neben einem blauen Arbeitskittel eine Regenjacke und ein grauer Janker mit Hirschhornknöpfen. Oben bedeckte ein Jagdhut ein paar Wollhandschuhe. Ein Fernglas lag daneben. Braune Lederfransen baumelten zwischen den Metallstangen der Hutablage. Sie bewegten sich sachte im Luftzug. Rose griff danach.

Er hielt ein langes Jagdmesser in Händen, es war das von dem Foto. Rose atmete erleichtert auf. Also war es nicht die Tatwaffe, die im Schuppen gefunden worden war. Jetzt hätte er gehen können. Er öffnete die Tür am Ende des Flurs zum Wohnzimmer. Das Knarren des Scharniers drang in die Stille. Staub wirbelte im Abendlicht, das zu dem hohen, schmalen Fenster hereinfiel. Es roch nach Essen, Suppe oder gekochtem Gemüse. Rose hatte den Eindruck, dass es hier immer nach Gemüse roch.

Die Einrichtung passte eher zu einem alten Menschen. Schwere, dunkle Schränke, ein breites, altmodisches Sofa, auf dessen abgewetztem Stoff gestickte Kissen ruhten. Der Beistelltisch mit seinen abgestoßenen Ecken, eine kleine Vase mit verstaubten Plastikblumen verlor sich darauf.

Rose ging weiter zum Schlafzimmer. Ein großer, dunkler Schrank erdrückte den Raum, daneben stand ein schmales Bett. Die Wäsche war zerwühlt. Über einer Kommode hing das Bild eines jungen Mädchens. Der Rahmen war mit Plastikblumen geschmückt. Das Mädchen lachte. Darunter stand eine Kerze, flankiert von zwei Bildern in kleinen Stellrahmen. Das gleiche Gesicht, lächelnd. »Claudia Herzog«, murmelte Rose und trat näher.

In einer offenen Holzschachtel lagen weitere Fotos. Immer wieder das Mädchen. Aufnahmen in einem Park mit einem jungen Mann, in dem Rose Dieter Barnabas erkannte. Er schien sorglos, wie er das Mädchen im Arm hielt, und doch zeichnete sich etwas ab in seinem Gesicht, was dem jungen Lachen die Sorglosigkeit nahm.

Angst, kam es Rose in den Sinn, oder ein Zweifeln an dem augenscheinlichen Glück, als könne er es selbst nicht fassen, dieses Mädchen im Arm zu halten. Er schaute schnell die anderen Bilder durch und stockte bei einer Porträtaufnahme Claudias.

Das Gesicht des Mädchens war hell erleuchtet, der Hintergrund in dämmrigem Licht, ein Raum mit zu kleinen Fenstern. Nur am unteren rechten Bildrand war ein Lichtreflex wie von einer Wasserfläche oder einem liegenden Spiegel sichtbar. Hinter ihrem Kopf war ein weiteres Gesicht zu erahnen, doch die Beleuchtung hatte nicht ausgereicht, die Züge kenntlich zu machen. So wirkte die Gestalt in Claudias Rücken dunkel und bedrohlich.

Je länger Rose das Bild betrachtete, desto gezwungener kam ihm das Lächeln des Mädchens vor, als hätte es gute Miene zu einem bösen Spiel gemacht. Etwas drängte aus dem dunklen Hintergrund, was das Bild vordergründig nicht preisgeben wollte. Aus einem Impuls heraus steckte Rose das Bild ein und legte die restlichen Fotografien zurück in die Schachtel.

Ein rotes T-Shirt lag säuberlich gefaltet daneben, darauf ein Rosenquarz an einem Lederbändel. Ein Stapel Briefe wurde von einer roten Wollschnur zusammengehalten. Die kleine Porzellanvase mit vertrockneten Nelken vervollständigte die Ansammlung auf der Kommode. Rose blickte wieder in das Gesicht des Mädchens. Claudias Lächeln machte ihn traurig.

Lisa kam ihm in den Sinn, ihre unbändige Freude und Neugier, am Leben teilzunehmen, als er Geräusche im Treppenhaus hörte. Die Haustür schlug zu. Die Treppe knarzte unter Schritten, die sich näherten. Rose schaute sich hastig um. Die Schritte waren jetzt auf der Höhe der Wohnungstür. Gleich würde ein Schlüssel im Schloss klickern und Dieter Barnabas hereinkommen. Rose lauschte angestrengt. Die Schritte gingen weiter, eine andere Tür knarrte, ein anderer Mieter war zurückgekehrt.

Rose atmete erleichtert aus. Er wollte sich nicht vorstellen, was passiert wäre, wenn Barnabas ihn in der Wohnung angetroffen hätte. Im besten Fall hätte er wieder auf Streife gehen können.

Er schalt sich einen Narren, dass er überhaupt die Wohnung betreten hatte. Raus aus diesen Zimmern, bevor Barnabas zurückkehrte, aber auch weg von dieser übermächtigen Trauer, die hier in jeder Ritze steckte und sich wie ein Schimmelpilz ausbreitete. Das Bild dieser Wohnung war das Bild eines Stillstandes, einer Abkehr vom Leben, eines Verharrens in der Vergangenheit.

Eine letzte Tür, die vom Wohnungsflur abging, ließ ihn innehalten, nur noch ein Blick, bevor er endlich verschwinden wollte. Er drückte die Klinke herunter und wurde einen kargen Raum gewahr, weiße, lichte Wände, Holzdielen. Was ihn aber stutzen ließ, waren die Geräte, die hier aufgestellt waren: Dieter Barnabas hatte sich ein eigenes Fitnessstudio eingerichtet.

***

Er warf im Vorübergehen einen Blick durch das Glasfenster seiner Werkstatttür. Die Schuhe ruhten in den Regalen, als hätten sie die Füße ihrer Besitzer lange schon vergessen. Obenauf die Leisten.

Wie oft hatte er sie in der Hand gehabt, das glatte, warme Holz, vom frischen Leder dunkel verfärbt. Mit Widerwillen hatte er sie bearbeitet, aber auch mit der stillen Freude, eine gewürdigte Arbeit zu verrichten, auch wenn dies vom Vater nie in Worte gefasst wurde. Er trug sie an seinen Füßen, und dieser Umstand zeigte die Wertschätzung.

Dieter Barnabas betrat das Treppenhaus, bestieg die hölzernen Stufen. Das altvertraute Knarzen der durchgetretenen Stiegen in seinem Ohr. Doch der Ton klang heute höher, eindringlicher. Er hob beim Hinaufgehen den Kopf wie ein Fuchs, der im Wind kurz den Geruch eines Jägers aufgenommen hatte, ahnend, sich vergewissernd. Eine Warnung lag in der toten Luft des Flurs.

Vor seiner Wohnung blieb er stehen und lauschte durch das Türholz, die Hand am Schlüssel. Ein leises Geräusch ließ ihn erstarren. Jemand war dort drinnen, jemand wartete in seinen Zimmern, jemand lauerte ihm auf. Einen Moment blickte er unschlüssig auf das Türschloss, dann ging er weiter.

Schnell lief er durch die Tordurchfahrt und wäre beinahe in einen Hund gerannt. Erschrocken wich er zurück. Er mochte keine Hunde. Die Besitzerin zog den kniehohen Mischling weiter, ohne ihn eines Blickes zu würdigen. Er wartete einen Moment, dann hastete er ein Stück die Straße entlang, hielt abrupt inne und schob sich zwischen einen parkenden Lieferwagen und die dahinterliegende Hauswand.

Keine drei Minuten später sah er einen Mann aus dem Hof kommen. Er erkannte ihn sofort. Es war dieser Kommissar Rose. Was hatte er in seiner Wohnung gemacht, weshalb hatte er ihm aufgelauert? Wie lange verfolgte er ihn schon? Dieser Mann stellte eine Gefahr für ihn dar. Das hatte er von Anfang an gespürt. Er würde sich vorsehen müssen. Unauffindbar und unsichtbar werden, Jäger und Gejagter in einem.

***

Bald nachdem er die Wohnung über der Schusterwerkstatt verlassen hatte, erreichte Rose die Haltestelle im Löhergraben. Er wollte mit dem Bus nach Nilkheim, zur Dienststelle, fahren oder einen Einsatzwagen abpassen, der ihn mitnehmen würde.

Der Eindruck, den er von Dieter Barnabas gewonnen hatte, als der eines schwächlichen, weichen Menschen mit hängenden Schultern, musste revidiert werden. Falls der junge Barnabas die Geräte auch wirklich nutzte. Er fühlte, dass er sich in diesem Menschen getäuscht hatte, hinter der Fassade der resignierten Stagnation blitzte ein Wille durch, stark und unabhängig.

Einerseits war dieser Dieter Barnabas in seiner Trauer stecken geblieben, unfähig, am gesellschaftlichen Leben teilzunehmen, andererseits verlieh ihm dieses Dasein eine seltsame Kraft, mit der er seinen leidvollen Packen schulterte. War der dunkle Rucksack, den er mit sich herumschleppte, geöffnet worden? Konnte der Inhalt etwas auslösen, entfachen, was ihn zum Mörder machte? Rose war sich unschlüssig, auch wenn er diese gespannte Energie hinter dem ruhigen Wesen des Schusters spürte. Doch wo trieb sich Dieter Barnabas herum?

Und wer käme noch alles in Frage? Warum musste Anna Geisa sterben? Wo war das Motiv? Das war ihm noch immer völlig unklar. Dass die Sache etwas mit dem Mord an Claudia Herzog zu tun hatte, schien Rose offensichtlich. Aber weshalb hatten die Vorgänge mit einem Mord zu tun, der dreiundzwanzig Jahre zurücklag? Und die dunklen Gestalten an der Kapelle? Der Tod des Pferdes?

Er musste unbedingt mit Barnabas reden, mit dem alten und auch mit dem jungen. Rose hatte das ungute Gefühl, dass er machtlos war vor dem, was noch passieren sollte, würde er nicht schnell weitere Erkenntnisse erlangen.

Der Wind fegte in einer Böe die Straße hinab. Rose zog seine Cordjacke über der Brust zusammen und knöpfte sie zu, als das Mobiltelefon klingelte.

»Rik? Ich wollte mit dir über Lisas Besuch sprechen.«

»Ines!« Ihre Stimme am Ohr. Eine Stimme aus einer anderen Welt. Ohne Morde, Verbrechen. Rose glaubte, ihre Wärme spüren zu können. Selbst die Luft schien eine Spur lauer zu sein. Er knöpfte sich die Jacke auf.

»Kannst du sprechen?«

»Natürlich. Mit dir immer«, sagte Rose.

»Das hatte ich anders in Erinnerung. Egal. Ich habe am Wochenende in Frankfurt zu tun, das ist doch in deiner Nähe?«

Rose sah den Bus um die Ecke kommen.

»Wir können uns am Bahnhof dort treffen. Da müsstest du nicht nach Berlin kommen, Lisa zu holen. Sie könnte eine Woche bei dir bleiben, solange sie Herbstferien hat.«

»Das wäre wunderbar«, sagte Rose. »Willst du nicht einen Abstecher machen, dann zeige ich dir, wo ich jetzt lebe?«

»Mal sehen. Ich muss auflegen, meine S-Bahn kommt. Wir telefonieren noch mal deshalb.«

Rose lächelte und stieg in den Bus, dessen Scheinwerferlicht in den frühen Abend verstrahlte.

Böhm hatte sich den Telefonhörer zwischen Backe und Schulter geklemmt. Als Rose in das Büro kam, fuhr er gerade den Computer herunter.

»Ich bin gleich da«, sagte er ins Telefon und lächelte. »Mach schon mal ein Fläschchen auf, damit er atmen kann.«

Er wurde Rose gewahr und beendete schnell das Gespräch.

»Gemütlichen Abend geplant?«, fragte Rose.

»Unsere Tochter übernachtet heute bei einer Freundin, da trinken wir ein Glas Wein zusammen, meine Frau und ich.« Böhm knipste die Schreibtischlampe aus. »Ich habe mit der Frau Sonntag gesprochen. Dieter Barnabas wäre nicht vorbeigekommen. In Schmerlenbach ist auch keiner mehr erreichbar, die Lebenshilfewerkstätten. Ach, und die andere Sache. Legen Sie mir das Bild mit dem Messer auf den Tisch, ich werde morgen sofort den Vergleich mit der Mordwaffe anfordern.«

»Nicht mehr nötig«, sagte Rose. »Es ist nicht von Dieter Barnabas.«

»Woher kommt die Überzeugung?«

»Das ist ein Dienstgeheimnis, werter Kollege.«

»Sie wissen, dass illegal beschaffte Beweismittel und Erkenntnisse nicht aussagekräftig sind? Außerdem ist der Chef da ganz neurotisch. Er duldet auf seiner Dienststelle keine Schatten von Verfehlungen.«

»Sie vermuten doch nicht, dass ich illegale Methoden anwenden könnte, ich, Ihr Bürokollege?«

Böhm lächelte nachsichtig, ging zur Tür und legte die Hand auf die Klinke. Er hielt inne, schien sich zu besinnen.

»Außerdem«, sagte er, »die Speichelprobe dieses Gerhart Kunkel ist auch negativ.«

»Das habe ich vermutet«, sagte Rose.

»Aber auf dem Gewehr von Barnabas sind seine Fingerabdrücke.«

»Wie bitte?«

»Auf dem Gewehr von Barnabas sind die Abdrücke von Kunkel, Gerhart.«

»Ich habe es gehört. Rufen Sie mir bitte den Fahrdienst. Ich muss gleich zu Kunkel.«

»Um die Zeit? Da ist kein Wagen verfügbar. Nur die Kollegen vom Dauerdienst, aber nur bei Gefahr im Verzug.«

»Sagen Sie, es ist ein Notfall.«

»Das geht nicht, da bekommen wir Ärger.«

Rose nahm sein Jackett vom Tisch. »Dann fahren Sie mich. Bitte.«

Böhm lachte auf, als hätte Rose einen schlechten Witz erzählt.

»Sie meinen das ernst, nicht wahr?«

»Fahren wir«, sagte Rose.

»Mit meinem Privatwagen etwa?«

Rose klopfte Böhm aufmunternd auf die Schulter. »Haben Sie einen Dienstwagen?«

»Hören Sie, Richard, ich habe mich auf einen Abend mit meiner Frau eingerichtet.«

»Ich weiß, Ihre Tochter ist heute Nacht bei einem Freund.«

»Bei einer Freundin!«

»Es ist wirklich dringend«, sagte Rose und schob Böhm auf den Flur der Dienststelle.

Nachdem Böhm mit seiner Frau telefoniert hatte, öffnete er Rose die Beifahrertür. Leise schimpfend fuhr er Richtung Autobahn.

Die Straßenlaternen flackerten in der Dämmerung. Nach etwa zwanzig Minuten parkte Böhm seinen Wagen auf dem Fuhrhof. Reglos ruhten einige Lastwagen in der frühen Dunkelheit. Rose drückte die Klingel zu Kunkels Wohnung an der Tür neben dem Büro. Ein Licht flammte im Innern des Hauses auf. Dann hörte Rose eine Stimme über sich. Er blickte nach oben und sah eine Gestalt über den Rand des geschnitzten Balkons gelehnt. Er erkannte die Frau, die an der Mülltonne ein Huhn gerupft hatte.

»Mein Name ist Rose, von der Kriminalpolizei. Ich möchte Ihren Mann sprechen.«

»Der ist nicht da.«

»Wo ist er denn?«

»Auf dem Ansitz.«

»Und wann kommt er zurück?«

»Das hat er nicht gesagt.«

»Dann rufen Sie ihn an.«

»Er hat das Telefon ausgeschaltet.«

»Ausgeschaltet?«

»Wegen der Sauen.«

»Probieren Sie es trotzdem.«

Sie verschwand aus Roses Blickfeld. Er drehte sich zu Böhm um, der im Auto saß und mit den Fingern auf das Lenkrad trommelte. Rose zuckte die Schultern. Nach einer Weile tauchte die Frau wieder auf.

»Und?«, rief Rose.

»Wie ich Ihnen gesagt habe, abgestellt.«

Leichter Regen hatte eingesetzt. Der Scheibenwischer quietschte über die Frontscheibe. Rose schwitzte in dem überheizten Wagen. Besser, er schwieg, dachte er.

»Das hätten wir uns sparen können«, sagte Böhm. »Einen Abend kindfrei, ganz für uns, und ich kutschiere meinen Kollegen durch die Nacht. Nach Dienstschluss! Sie hätten erst anrufen können.«

»Ich wollte ihn überraschen mit dem Befund der Fingerabdrücke.«

»Tolle Überraschung«, maulte Böhm. »Wir wollten heute den Ofen anschüren, eine Flasche Wein, nur wir zwei.«

Die Wärme im Wagen hatte Rose müde gemacht. Es dauerte eine Weile, bis Böhms Worte in sein Bewusstsein drangen. Den Ofen anschüren, sagte sich Rose, den Ofen anschüren, und wieder: den Ofen ... die glänzende Platte des Küchenofens in Geisas Haus. Die reflektierende Fläche auf dem Foto in der Wohnung von Dieter Barnabas. Der Raum im Dämmerlicht, wie ein liegender Spiegel, das ängstlich lächelnde Mädchen, in ihrem Rücken eine Gestalt, nah und bedrohlich, die dunkle Küche, Alois Geisa, ihr Ziehvater, das Bild, der Ofen, die Nacht, der Regen, die Wärme im Wagen, Rose schwindelte.

»Drehen Sie um!«

Böhm zuckte zusammen. »Was erschrecken Sie mich denn so? Ich dachte, Sie schlafen.«

»Geisa!« Rose schrie beinahe. »Auf dem Foto. Das Mädchen, er hat ihr etwas angetan. Vielleicht«, er stockte, »vielleicht ist er sogar ihr Mörder!«

»Beruhigen Sie sich. Ich schau ja schon, wo ich drehen kann.«

Die Herdplatte glänzte wie ein liegender Spiegel. Das war Rose zuerst aufgefallen. Alois Geisa setzte sich und legte die bandagierten Hände auf den Tisch. Vor ihm stand ein Teller, an dessen Rand sich bräunliche Apfelschalen zusammendrängten. Ein kleines Messer lag daneben auf der Tischplatte. Die Glühbirne in der Deckenlampe erhellte nur die Mitte des Raums. Böhm und Rose warfen lange Schlagschatten, die sich in der Dunkelheit außerhalb des Lichtkreises auflösten. Sie nahmen ungefragt gegenüber Geisa am Tisch Platz.

Eine Weile sprach niemand ein Wort. Nur das Ticken der Wanduhr war zu hören.

Alois Geisa kratzte sich am Kopf. »Was wollen Sie? So spät?«

»Wir kommen wegen Claudia«, sagte Rose.

Geisas Augenhöhlen sahen aus wie schwarze Löcher im diffusen Licht der Deckenlampe. Der alte Mann blickte auf seine bandagierten Hände. Er murmelte etwas vor sich hin, dann lächelte er.

»Die kleine Claudia«, sagte Rose ruhig. »Ihre Ziehtochter. Sie vertraute Ihnen, nicht wahr? Sie hätte alles getan für Sie. Das stimmt doch?«

Die Uhr tickte mühsam gegen die Zeit, die nicht verstreichen wollte. Böhm scharrte mit den Füßen. Daraufhin blickte Geisa von seinen Händen auf. Die Augenhöhlen schienen noch dunkler geworden zu sein.

»Das liegt so lange zurück. Sie war ja noch ein Mädchen, ganz zart.«

Böhm streckte sich, wollte etwas sagen. Rose berührte kurz seinen Arm.

»Dann kam sie nicht mehr.« Geisa seufzte. »Es war eine schlimme Zeit für meine Anna und auch für mich.«

»Ihre Frau ist tot«, sagte Rose leise. »Jetzt können Sie uns erzählen, was passiert ist damals. Erleichtern Sie sich. Sagen Sie uns, was Sie mit Claudia gemacht haben.«

»Die Vögel waren ganz aufgeregt, das weiß ich noch.«

Böhm streckte plötzlich seine Hand aus, deutete auf Geisa.

»Es wurden Spermien von Claudia Herzogs Mörder konserviert. Wir werden das Material mit einer Gewebeprobe von Ihnen vergleichen. Dann werden wir ja sehen.«

Rose stöhnte auf. »Herr Geisa. Sagen Sie mir, was damals passiert ist. Reden Sie, Ihre Anna würde das auch wollen.«

»Anna?« Geisa lächelte. »Sie war es doch, die mir sagte, dass ich schweigen soll.«

»Aber jetzt ist alles anders. Sie würde es nun gutheißen.«

»Ich kann mich nicht mehr erinnern, es ist so lange her. Ist auch egal. Anna ist weg, und mein Leben ist vorbei. Ich will nicht mehr, verstehen Sie? Alles ist so ruhig, so tot, und ich bin es auch.«

Rose deutete auf die Bilder, die neben Geisa an der Wand hingen. »Denken Sie an den Tag, als Claudia etwas passierte. Was haben Sie damals gemacht? Erinnern Sie sich, Anna zuliebe.«

Geisa drehte seinen Kopf kurz zur Wand. Er lächelte wieder.

»Anna schickte mich. Sie sagte, ich solle nach Claudias Mutter schauen. Ich ging zu ihr, war ja nicht weit. Da lag sie auf dem Boden neben der Couch. Sie hatte wieder getrunken. Das arme Maderl, dachte ich, so eine Mutter, so eine gottverdammte, säuft am helllichten Tag, und das arme Ding muss das mit ansehen.«

Er schob den Teller mit den Apfelschalen zur Seite, legte die Hände auf die Tischplatte und sprach weiter. Erst langsam, stockend, dann flüssiger, wacher, beinahe freudig erregt.

»Ich wollte sie abholen, die Kleine. Sie tat mir leid. Diese Mutter. Ohne mit Anna zu reden, nahm ich den Wagen und fuhr in die Stadt. Wenn ich mich beeilte, wäre ich zum Ende ihrer Volleyballstunde da. Kaum fuhr ich auf den Parkplatz vor dieser Schule, da kam sie auch schon heraus. Wie sie strahlte, als sie mich sah. Das Maderl war ja so lieb. Ich schlug ihr vor, noch etwas spazieren zu gehen, der Park war ja da, und es war ziemlich mild. Ganz verschwitzt war sie von dem Training. Ihre kleinen Brüste spitzten durch den Stoff. Mir wurde ganz komisch davon. Ich hatte sie immer als Mädchen gesehen, aber da wurde mir ganz anders. Sie war ja eine richtige junge Frau, dachte ich bei mir. Wir gingen eine Weile, bis sie sagte, dass sie mal in die Büsche müsse. Pipi machen. Sie lachte noch so herausfordernd. Ich lief ihr hinterher und sah, wie sie die Trainingshose herunterzog und sich hinkutschte. Da ging ich hin zu ihr.«

Das Ticken der Uhr füllte den Raum. Die Herdplatte glänzte. Die drei Männer saßen schweigend, bis Rose aufstand und Geisa an der Schulter berührte.

»Kommen Sie, Herr Geisa, wir gehen.«

DREIUNDZWANZIG

Der Himmel war in Aufruhr. Rasch zogen graue Wolken über das herbstliche Firmament. An den Rändern waren sie zerrissen, Fetzen lösten sich, streckten oder teilten sich, um wieder von größeren Wolkengebilden aufgesogen zu werden. Das Bild nachahmend glitt ein Schwarm Vögel hoch oben dahin, formierte sich, zerstob wieder, um erneut eine zusammenhängende Masse zu bilden, wie eine große, aufgeschwollene Kugel, aus der eine spitze Zunge schoss, sich streckte, lang zog und eine Linie wurde, die Kugelform aufgebend. Die Wolken rasten dahin. Der Schwarm der kleinen schwarzen Vögel verschwand hinter den Bäumen am Rande des Friedhofs. An einem Grab stand ein Mann. Die kleine Flamme flackerte rötlich aus dem Grablicht. Die Gestalt stand reglos. Nur ihre Lippen bewegten sich, formten Worte.

»Es reicht nicht. Er wird noch mehr büßen müssen. Ich wollte ihn leiden sehen, lange. Doch es kam anders. Sie ließen ihn wieder gehen, verstehst du? Ich habe alles gut durchdacht, doch sie ließen sich nicht täuschen. Die Eierschalen mit seinen Fingerabdrücken. Das Gewehr. Ich gab ihnen alles in die Hand, doch sie erkannten ihre Aufgabe nicht. Sie hätten ihn in ein dunkles Loch stecken sollen, wie in ein Grab, damit er jeden Tag verfluchen sollte, den er noch zu leben hätte. Doch sie wollten ihn nicht. Jetzt sitzt er wieder in seiner Kapelle und wartet. Er wartet auf mich, auf sein Schicksal. Meine Hand hat ihm seinen geliebten Hahn genommen und dann sein Pferd. Das hat ihn getroffen. Aber es hat nicht gereicht. Die Strafe ist zu gering. Ich werde ihn in die Feuer der Hölle stoßen. Ihn. Meinen Vater. Ich wollte nicht so weit gehen, aber es muss sein. Er hat mir alles genommen. Alles! Dich. Mein Leben. Claudia. Warum sprichst du nicht mit mir? Du wirst es gutheißen. Ich weiß es.«

Ein ferner Donner rollte über den Himmel. Der Mann lief zwischen den Gräbern dahin, erreichte die Mauer des Friedhofs und sprang behände darüber. Dann verschwand er im nahen Wald.

***

Barnabas kletterte aus dem Erdloch. Es würde noch einen Tag brauchen, bis die Grube tief genug für Anton wäre. Er sollte sein Grab neben dem Stall bekommen. Barnabas wollte nicht denken, konnte nicht akzeptieren, dass das Leben ohne Anton weitergehen musste. Er wusste nicht, wie er der Einsamkeit, die der Verlust in seiner Seele aufgerissen hatte, entgegentreten sollte. Er hatte ohne Unterlass gegraben, um das blutige Bild des toten Freundes zu vergessen, wie er dalag, in Dreck und Blut, sein Leben verröchelte.

Die Hände verkrampften sich um den Griff der Schaufel, als er zur Kapelle ging, ohne einen Blick zum Stall. Alle Knochen schmerzten, sein altes Fleisch war nicht mehr für solche schweren Arbeiten zu gebrauchen, aber er würde eigenhändig das Grab schaufeln, ohne Hilfe.

Die Schmerzen waren Barnabas willkommen, sie dämpften die schrecklichen Gedanken. Er entkorkte eine Flasche Wein und trank das erste Glas auf einen Zug leer, schenkte nach, trank. Er war erschöpft. Draußen grollte ein ferner Donner.

Barnabas saß zusammengesunken an seinem Tisch und starrte in den dunklen Raum. Die Flasche war ausgetrunken, das Feuer im Kamin heruntergebrannt. Dumpf spürte er die Kälte, die sich aus der Dunkelheit heranschlich und den Raum und sein Herz ausfüllte. Mühsam stand er auf. Die Treppe zum Schlafzimmer kam ihm steiler vor als sonst. Er rüttelte die Stiefel von den Füßen und warf sie in die Dunkelheit. Angekleidet, wie er war, ließ er sich auf sein Bett sinken und schloss die Augen. Ein Kauz heulte sein harsches Lied in den nachtfahlen Forst.

Barnabas schreckte weit nach Mitternacht hoch. Traumschwer brauchte er einen Moment, um zu erkennen, dass er auf seinem Bett lag. Ein warmes Licht tanzte wirr an den Wänden.

Ein Fauchen und Knastern. Es war ihm, als ob er noch träumte, dann spürte er die Hitze auf der Haut. Das Flackern kam von unten, auch der Geruch kam von dort. Der Rauch brannte in den Augen, verbiss sich in seiner Lunge. Barnabas hustete. Er wankte zur Treppe, sengende Hitze empfing ihn. Er wich zurück.

Der untere Raum stand in Flammen, die hölzerne Zwischendecke brannte. Hier oben gab es kein Entkommen. Unten war die einzige Tür. Er schnappte nach Luft und rannte gebückt die Treppe hinab. Die Treppe fing bereits Feuer, es griff nach ihm, Hitze und Lärm, die Luft entflammte und schrie, und Barnabas schrie.

Ein Lodern und Kreischen. Fenster barsten, feuriger Wind wirbelte, heulte.

Er meinte ein schreckliches, wahnsinniges Lachen zu hören in all dem Getöse, als die Decke einbrach, brennende Balken barsten, loderndes Holz umherwirbelte und seine Welt unterging in Feuer und Schreien und Rauch.

***

Das Klingeln des Telefons riss Rose aus unruhigem Schlaf. Er wankte benommen, noch halb auf der anderen Seite des Wachseins.

Eine fremde Stimme im Hörer. »Hier ist die Einsatzleitung. Ich soll Ihnen mitteilen, dass das Wohngebäude eines Karl Barnabas brennt. Der Besitzer ist abgängig, möglicherweise umgekommen. Ein Einsatzwagen ist unterwegs zu Ihnen.«

Rose trat ans Fenster. Die Worte gruben sich nur mühsam von seinem Ohr ins Denken. Die Nacht trennte seinen Blick vom Main. Kein Schimmern, kein Glitzern, kein Leuchten des Wassers. Nur Dunkles. Er zog sich schnell an, war schon an der Tür, zögerte, kam zurück und steckte seine Pistole ein. So verließ er das Haus.

Ein Streifenwagen schoss lautlos um die Ecke, das Blaulicht färbte das Dunkel an den Häusern traumblau, warf kalte Irrlichter in die Nacht. Schweigend rasten sie durch die leeren Straßen, über Kreuzungen, Ampeln, ins Morgengrauen. Stadt, dann Land. Sailauf, dahinter der dunkle Tunnel des Waldes. Roses Mobiltelefon klingelte.

»Hier ist Tobbi. Tobias Finten. Können Sie bei mir vorbeikommen?«

»Ich bin auf dem Weg zur Kapelle. Ein Einsatz.«

»Ich weiß. Aber es ist wichtig. Es hat mit dem Brand zu tun.«

»Ich komme. Kurz nur, aber ich komme.«

Rose hörte das Anklopfsignal im Hörer und legte auf. Sofort erneutes Läuten.

»Ich muss mit Ihnen reden.« Er kannte die tiefe Stimme.

»Wer spricht?«, fragte Rose.

»Kunkel aus Sailauf. Wissen Sie schon, dass die Kapelle brennt?«

»Ich bin auf dem Weg dorthin.«

»Kommen Sie zu mir, sobald Sie können. Es ist wichtig.« Kunkel legte auf.

Plötzlich hat es jeder eilig, dachte Rose und fragte sich, was Finten und Kunkel wollten. Sein Kopf dröhnte vor angespannter Müdigkeit.

Am Engländerhaus nahmen sie die Abbiegung, der Wagen raste die kurvige Straße nach Jakobsthal hinab. Vor ihnen lag das dunkle Dorf. Nur einige Fenster waren bereits erleuchtet. Der Morgen kroch aus östlicher Richtung heran. Rose ließ den Wagen vor Fintens Hof halten.

»Ich bin in einer Minute zurück«, rief er und rannte die Außentreppe hinauf. Pochte an die Tür. Sofort öffnete Finten und zog Rose ins Haus.

»Vor gut einer Stunde klopfte es. Vor mir stand Barnabas. Ich dachte, da steht ein Geist. Schwarz, die ganzen Haare versengt. Sieht zum Fürchten aus.«

Er deutete auf die Tür zur Küche.

Karl Barnabas saß in eine Decke gehüllt auf einem Stuhl. Die Augen weit aufgerissen. Er kam Rose wie ein flaumiger, schwarzer Nestling vor, winzig, frierend, voller Angst. Er setzte sich an den Tisch, nahe an dem rußigen Gesicht.

»Alles brannte lichterloh.« Barnabas' Stimme war klein und rau. »Ich konnte nicht nach draußen. Die dunklen Gestalten standen vor der Tür. In all dem Lärm hörte ich ihr fürchterliches Lachen.«

»Wie kamen Sie hierher?«

»Als die Decke einstürzte, warf ich mich in den Kamin. Ich kletterte innen hoch bis auf das Dach und sprang hinter der Kapelle hinab. Dann rannte ich in den Wald, bis ich hier vor der Tür ankam.«

»Seien Sie dankbar, dass Tobbi Finten Sie hereingelassen hat. Haben Sie Ihren Sohn verständigt?«

Barnabas schüttelte schwach den Kopf. Rose stand auf.

»Warten Sie damit noch, bis ich zurückkomme. Haben Sie gehört? Rufen Sie niemanden an! Ich muss weiter. Komme aber, so schnell es geht, zurück.«

Er hetzte zum Wagen.

Als sie in den Kapellenweg einbogen, sah Rose eine verkrümmte Gestalt an einem Gartenzaun lehnen. Es war der Alte mit den wässrigen, trüben Augen aus der Kneipe, der den nächsten Brand prophezeit hatte. Er hatte recht gehabt, dachte Rose und schüttelte sacht den Kopf.

Im letzten Haus brannte ein mattes Licht. Eine kleine Frauengestalt stand hinter dem Vorhang verborgen und blickte nach draußen. Rose erkannte Frau Sonntag. Immer in Stellung, dachte er im Vorüberfahren. Eine der Gewissheiten, die das Leben auf dem Land dazu machen, was es ist.

Der Wagen nahm die Steigung, erreichte kurz darauf den Brandort. Einsatzwagen der Feuerwehr und der Polizei standen um die Kapelle verteilt. Das Feuer war bereits gelöscht. Um die Tür und die zerborstenen Fenster waren dunkle Felder von Flammen und Ruß gezeichnet, das Dach war halb eingestürzt. Im Innern ein Chaos aus verkohlten Balken und Brettern. Eine Mischung aus Dampf und Ruß und Löschwasser füllte Roses Mund mit Übelkeit.

Er besprach sich mit dem Einsatzleiter und verließ den Ort, ging Richtung Dorf, zu Finten und Barnabas. Der Transporter der Spurensicherung kam ihm entgegen. Bolander winkte müde.

Dahinter vernahm Rose einen weiteren Dieselmotor. Ein kantiger Geländewagen schob sich den Hang hinauf. Ein grüner Landrover.

Gerhart Kunkel öffnete die Tür.

»Ich konnte nicht zu Hause sitzen und warten.«

»Woher wussten Sie, dass die Kapelle brennt?«

»Mein Cousin ist bei der Feuerwehr. Er sagte, Karl wäre verschwunden. Ist ihm etwas passiert? Ich meine ...«

»Ihm geht es gut. Entsprechend.« Rose setzte sich auf den Beifahrersitz. »Wissen Sie, wo Dieter Barnabas steckt?«

Kunkel verneinte. Langsam fuhr er zur Kapelle.

»Worüber wollten Sie reden?«, fragte Rose.

Kunkel richtete sich auf, sein Kopf stieß beinahe an das Dach des Wagens.

»Es ist auch meine Schuld.« Er deutete auf die dampfende Ruine im Morgenlicht. »Ich hätte es Dieter niemals sagen sollen!« Er blickte nach draußen und schwieg.

»Sprechen Sie, Mann!« Rose wurde ungeduldig.

Kunkel drehte sein Gesicht zu Rose, es sah erschöpft aus. »Als Ottl in der Lawine umkam, war ich dabei. Er ahnte, dass er sterben würde, und wollte seine Seele erleichtern. Eines Abends sei Karl zu ihm gekommen, aufgeregt, voller Blut. Am nächsten Tag las Ottl in der Zeitung, dass Dieters Freundin, die kleine Herzog, ermordet worden wäre.«

»Und das erzählten Sie Dieter Barnabas? Wann war das?«

»Ottl starb vor zwei Jahren, ich trug die ganze Zeit die Sache mit mir herum. Aber vor etwa vier Wochen sagte ich es Dieter. Ich hatte an dem Tag wieder einmal Krach mit Karl gehabt. Manchmal ist er unerträglich. Dieter war bei mir, und wir hatten ein paar Apfelwein getrunken. Ich weiß auch nicht, irgendwas hat mich überkommen, und ich sagte es ihm. Dann geschah nichts. Wochenlang. Ich hatte die Sache schon vergessen, da wurde diese Frau Geisa erstochen. Das hat wohl etwas ausgelöst bei Dieter. Er wirkte verändert, ging mir aus dem Weg. Ich machte mir Sorgen, und als ich von dem Gewehrdiebstahl hörte, ging ich zu ihm. Er wollte mich erst nicht reinlassen, in der Wohnung sah ich dann Karls Sauer 90 stehen. Dieter hatte sie seinem Vater gestohlen, weshalb, konnte er nicht erklären, er wollte ihm einen Stachel ins Fleisch setzen, sagte er.«

»Warum sind Sie nicht zur Polizei?«

»Würden Sie einen Freund verraten?«

»Wie ging es weiter?«

»Ich habe Dieter ins Gewissen geredet, sagte ihm, dass Ottl sich getäuscht hatte oder was weiß ich, dann brachte ich das Gewehr zurück. Karl war mit Anton, seinem Pferd, beschäftigt. So ersparte ich mir lange Erklärungen. Ohne dass er es merkte, legte ich den Karabiner auf den Tisch und machte mich aus dem Staub.«

»Es ist alles offensichtlich. Aber ich habe noch nichts Stichhaltiges«, sagte Rose mehr zu sich, fuhr dabei mit der Hand in die Sakkotasche, als suche er nach einem Anhaltspunkt. »Keine Spuren, Fingerabdrücke, nichts. Selbst für den Tag, an dem das Gewehr gestohlen wurde, hat er ein Alibi. Er war bei seiner Mutter. Ich habe nur einen Zeugen, der nicht gegen einen Freund aussagen möchte.«

Kunkel lachte, das mit dem Zeugen überhörte er. »Else würde alles für ihren Sohn tun. Wie jede Mutter.«

Rose lächelte. »Ihre Fingerabdrücke waren auf dem Gewehr. Ich hatte Sie beide im Verdacht.«

Dann öffnete er die Tür und rutschte vom Sitz. Gerhart Kunkel sah ihn zu einem Mann in einem weißen Overall laufen. Die beiden Männer diskutierten aufgeregt miteinander, fuchtelten in der Luft herum. Dann legte Rose kurz eine Hand auf die Schulter des anderen und rannte zu dem Landrover zurück. Er kletterte auf den Beifahrersitz.

»Fahren Sie ins Dorf. Zu Finten, dort ist Ihr Freund Karl. Außerdem: Er hat Claudia Herzog nicht ermordet.«

Gerhart Kunkel nahm den Fuß vom Gaspedal, als sie das Dorf erreichten. Eine kleine, dunkle Gestalt stand an der Straße und beschattete die Augen. Kunkel bremste den Landrover. Rose kurbelte die Scheibe herunter.

»Frau Sonntag! Es ist gefährlich, in der Dunkelheit auf der Fahrbahn herumzustehen.«

»Ich konnte nicht erkennen, ob Sie in dem Wagen sitzen. Jetzt brennt die Kapelle wieder, und die Sache mit dem Alois. Ganz furchtbar.«

»Ja, dann. Wir müssen weiter«, sagte Rose.

Frau Sonntag legte die Hand auf ihre Brust. »Sie wollten doch wissen, ob der junge Barnabas im Ort war. Gestern, als Ihr Kollege anrief, wie hieß er noch?«

»Böhm«, sagte Rose und klopfte auf das Metall des Wagens.

»Ja. Ein netter Mann. Also, da war der Barnabas, also der Sohn, noch nicht im Dorf. Aber am frühen Abend habe ich ihn zum Friedhof gehen sehen. Aber zurückgekommen ist er nicht mehr. Er muss über die Mauer weg sein, wie ein Dieb. Nicht?«

»Danke, Frau Sonntag. Sie haben mir sehr geholfen.«

Sie lächelte in die Nacht, dann blickte sie Richtung Kapelle und schüttelte seufzend den Kopf.

»Gehen Sie besser nach Hause«, sagte Rose, als Gerhart Kunkel anfuhr.

Karl Barnabas stand in der Küche. Noch immer voller Ruß. Wie ein dunkler Racheengel. Gut so, dachte Rose. Kunkel stürmte auf Barnabas zu, packte ihn.

»Karl. Gott sei Dank. Du lebst!« Barnabas' Arme hingen wie die einer Puppe herab. Kunkel drückte ihn unbeirrt weiter. »Du weißt nicht, wie froh ich bin, dass du nichts mit dem Mord an Dieters Mädchen zu tun hast.«

»Claudia? Ich?« Barnabas klappte der Mund auf.

Rose musste an die Marionetten der Augsburger Puppenkiste denken.

»Glaubt ihr, ich hätte etwas damit zu tun? Denkt Dieter das auch?«

Er knickte kurz ein, hielt sich an Kunkel fest. »Natürlich denkt Dieter das!«, flüsterte er. »Er war die ganze Zeit so seltsam. Dieser Groll gegen mich. Deshalb hat er all die Dinge unternommen. Die dunklen Gestalten, Dieter?« Er machte sich frei und setzte sich. »Aber das ist absurd. Ich mochte die Kleine doch. Nie hätte ich ihr etwas angetan.«

»Ihr Freund hier hat von Ottl Häcker erzählt bekommen, dass Sie voller Blut zu ihm gekommen wären. Am Abend, als Claudia Herzog ermordet wurde«, sagte Rose.

»Ottl hat das erzählt?« Barnabas blickte zu Kunkel auf und lachte heiser. »Mit eurem Gequatsche bringt ihr mich wirklich noch ins Grab!«

»Aber das Blut an deiner Kleidung?«

»Es bleibt nichts verborgen, heißt es, selbst nach so vielen Jahren.« Barnabas schien in eine weite Ferne zu starren. »Betty. Ich meine Frau Kindler. Bettina Kindler. Meine Sekretärin.«

Er bewegte stumm die Lippen. Schwieg.

»Und?«, rief Kunkel in die Stille.

Ein Rucken ging durch die kleine, rußige Gestalt. »Sie war meine Geliebte. Über zwei Jahre. Ich beendete die Sache, da ich so nicht mehr leben konnte. Wegen meiner Frau, wegen meinem Gewissen. An besagtem Abend wollte ich mit Ottl auf die Jagd. Kurz bevor ich das Haus verließ, rief mich Bettina an und sagte, ich müsse dringend zu ihr kommen. Als ich dort war, heulte sie und schrie herum, ich solle zu ihr zurückkehren, meine Familie verlassen, Sie wissen schon. Ich musste die Sache aus der Welt schaffen, das werden Sie verstehen.«

Er blickte Rose müde an.

»Was haben Sie getan?«

»Ich sagte ihr noch einmal, es wäre vorbei, und außerdem kündigte ich ihr an Ort und Stelle. Zu ihrem Besten.« Er hielt inne, als wäre alles gesagt.

»Weiter, was geschah dann?«

»Sie rastete völlig aus. Beschimpfte mich, schlug nach mir, warf Dinge herum, vollkommen hysterisch. Ich drehte mich um und wollte gehen. Plötzlich hatte sie ein Messer in der Hand, schrie, als hätte sie den Verstand verloren, und hackte auf ihren eigenen Unterarm ein. Sie muss eine Arterie erwischt haben, Blut spritzte herum, eine riesige Sauerei. Ich versuchte, ihr das Messer abzunehmen, doch sie stieß mich weg und hackte weiter auf ihren Arm ein. Da schlug ich sie nieder. Ich schlug ihr einfach mit der Faust ins Gesicht und band den Arm ab. Ich machte einen Druckverband und legte sie in ihr Bett. Sie war ganz weggedreht, hatte wohl ziemlich viel Blut verloren. Dann rief ich den Notdienst und ging, bevor die Sanitäter eintrafen. Ich habe Bettina nicht mehr gesehen.«

Schweigen füllte die kleine Küche.

Gerhart Kunkel klopfte Barnabas auf die Schulter. »Der Kommissar möchte dir etwas vorschlagen.«

Rose hielt Barnabas das Telefon hin.

»Rufen Sie Ihre Exfrau an.«

VIERUNDZWANZIG

Mit einem Klacken wurde der Stromkreis des Wasserkochers unterbrochen. Das Wasser sprudelte noch einen Moment, um sich bald zu beruhigen. Sie goss die Tasse halb voll und hängte einen Beutel hinein. Dann setzte sie sich an den Tisch.

Zehn Minuten sollte der Johanniskrauttee ziehen. Sie betrachtete ihre Hände und wartete, dabei lauschte sie auf das verhaltene Ticken der Standuhr. Das Gleichmaß beruhigte sie. Sonst war Stille. Hin und wieder hörte sie das Geräusch eines vorbeifahrenden Autos. Doch das war draußen. Hier war Stille. Vorsichtig hob sie die Tasse zum Mund. Das Wasser hatte jetzt eine rötliche Farbe angenommen.

Sie lauschte dem Geschmack des Tees nach. Bitterkeit, dachte sie. Lieber mochte sie süße Dinge. Sie hatte einen Kuchen gebacken, den wollte sie anschneiden, wenn ihr Sohn da wäre. Er würde bald kommen, das spürte sie.

Plötzlich ein Läuten. Sie zuckte wie unter einem Peitschenhieb zusammen. Das Telefon schrie in die Stille. Mühsam richtete sie sich auf und lief in den Flur, um dem Lärm ein Ende zu setzen.

»Ja bitte?«

»Hier ist Karl.«

Fast wäre ihr der Hörer aus der Hand gerutscht. »Was willst du?«, fragte sie tonlos.

»Ich muss mit Dieter reden. Morgen früh um acht an der Kapelle.«

»Er ist nicht hier«, sagte Else Barnabas.

»Es ist dringend!« Damit legte er auf.

***

Dichter Hochnebel hing über den Bäumen und sperrte das matte Sonnenlicht aus. Es war bereits acht Uhr. Ein feuchter, kühler Morgen. Der Platz um die Kapelle war menschenleer.

Nichts regte sich, nur etwas Rauch stieg aus dem Inneren des zerstörten Gebäudes auf. Leicht und dünn. Verwehte über den Resten des Dachs, mischte sich in den Nebel, der nass in den Wipfeln hing.

Der weiße Passat kam am Rande des Platzes zu stehen. Dieter Barnabas stieg aus. Er stand einen Moment an der Tür des Wagens, blickte sich um. Dann griff er nach seinem Mobiltelefon, zögerte, ließ es wieder in die Tasche gleiten. Er drückte die Fahrertür zu und ging auf die Kapelle zu. Im verrußten Putz hatte sich über der Tür ein langer schwarzer Riss gebildet. Ein Stück davor blieb er stehen und spähte in das Innere der Kapelle. Ein Rumpeln wurde hörbar, ein Brett stürzte um.

Dieter Barnabas wich zurück, taumelte, strauchelte, suchte nach Halt. Sein Vater stand in der Tür der Kapelle. Schwarz, verkohlt, die Arme abgespreizt, schweigend.

»Du bist verbrannt!« Dieter schrie zur Kapelle, zu der dunklen Erscheinung seines Vaters. »Dann stirb auch! Verrecke endlich. Lass mich in Ruhe.«

»Warum hast du mich töten wollen?« Barnabas' Stimme ließ den Sohn erstarren.

»Da fragst du noch?« Seine Stimme wurde schrill, schrill und laut. »Du hast mich wie ein Stück Dreck behandelt. Du hast nur dich gesehen.« Er ging rückwärts zum Stall.

Karl Barnabas folgte ihm langsam.

»Selbst dein Scheiß-Pferd hast du mehr gemocht als mich, deinen eigenen Sohn.« Dieter Barnabas stieß an die Wand des Stalles, tastete mit den Händen herum. Sein Vater kam näher.

»Und dann hast du mir das Beste genommen, was ich hatte. Du hast Claudia getötet!«

Er griff nach der Mistgabel, die neben der Stalltür lehnte, und hob sie an. Nur noch zwei Meter trennten Vater und Sohn.

Rose trat aus dem Stall, hinter ihm Gerhart Kunkel. Rose hatte die Pistole in Händen.

»Lassen Sie die Forke fallen. Sofort!« Rose drückte den Sicherungshebel nach vorn.

Dieter Barnabas ging einen Schritt weiter, holte aus. Bevor

er zustechen konnte, sprang Gerhart Kunkel zwischen Rose und die Männer, packte den Griff der Mistgabel mit der linken Hand und schlug mit der anderen in Dieters Gesicht. Hart und gezielt.

Rose konnte ein Krachen hören, als breche jemand einen Stock entzwei. Die Wucht des Schlages hob Dieter Barnabas kurz in die Luft, dann sackte er mit einem Grunzen zusammen.

»Das musste sein.« Kunkel rieb sich die Knöchel seiner Hand.

»Wäre beinahe ins Auge gegangen«, sagte Rose und schob die Walther PPK zurück in das Holster.

Karl Barnabas war in die Knie gegangen und fuhr seinem Sohn über das Haar. Dann zog er ein angesengtes Taschentuch hervor und wischte ihm das Blut von der Nase. Der alte Barnabas wiegte seinen Sohn in den Armen. Dieter Barnabas blickte, ohne sich zu rühren, von einem zum anderen, als frage er sich, wer die Männer, die über ihm standen, wohl seien.

Tobias Finten, lang und dünn, tauchte aus dem Wald auf und kam auf die Gruppe zu. Neben dem alten Barnabas blieb er stehen. Er streckte kurz die Hand nach Barnabas aus, zögerte, hielt inne.

»Ich werde Ihnen helfen, die Kapelle wiederaufzubauen.«

Barnabas blickte zu Finten, dann zur Kapelle, dann zu seinem Sohn.

»Es ist seltsam, ich habe Dieter nie zuvor umarmt, es war das erste Mal.«

Müde schüttelte er den Kopf. »Ich habe Fehler gemacht. Nicht rückgängig zu machen. Endgültig.« Er starrte in seine Handflächen. Etwas wie Tränen zerriss die Rußschicht auf seinem Gesicht. »Verronnen.«

Er schien kleiner zu werden, als verlöre sein Körper einen inneren Halt, eine Festigkeit, als fließe etwas aus ihm heraus, in die Erde unter ihm, eine Essenz, die ihm notwendig war zur Stütze und Struktur. Sein Blick verlor sich in der Ferne, als forsche er zurück nach vergangenen Zeiten.

Kunkel beugte sich zu ihm herab und klopfte ihm auf die

Schulter. Barnabas kniete vor seinem Sohn; langsam, als würde der Schlaf ihn übermannen, schloss er die Augen.

Finten stellte sich nahe zu Rose. Er sprach mit leiser Stimme.

»Weshalb haben Sie das hier inszeniert?«

Rose war versucht, Finten zurechtzuweisen, besann sich aber.

»Ich wollte Dieter Barnabas überführen, ihn zu einem Geständnis bewegen. Ich hatte einfach zu wenig Beweise gegen ihn.«

Finten blickte nach oben. Der Himmel war Herbst. Kalt und blau und strahlend. Rose folgte seinem Blick.

»Wissen Sie, Herr Rose, früher war ich dort oben unterwegs, als Flieger, von oben sieht vieles anders aus. Vielleicht gestehen Sie sich selbst ein, weshalb Sie Vater und Sohn hier zusammenbringen wollten. Vor den Trümmern ihrer Leben.«

»Tobbi, ich sagte es Ihnen bereits!« Rose stockte.

Plötzlich verstand er, was Finten ihm sagen wollte. Er versuchte einen Gedanken herunterzuschlucken, der ihm wie ein Stück trockenes Brot in der Kehle steckte. Er sah erneut seinen Vater Zeitung lesend in seinem Sessel sitzen, er sah sich, als kleinen Jungen, ohnmächtig um Aufmerksamkeit flehend, ihm die Zeitung wegreißen, und er fühlte noch immer schmerzhaft die Ohrfeige, die darauf folgte. Er hatte schreien wollen, sich rächen, ein Leben lang.

Tobbi hatte ihm klargemacht, dass der alte Barnabas nicht sein Vater und dessen Sohn nicht sein Erfüllungsgehilfe war. Rose blickte auf seine taunassen Schuhe.

»Tobbi, Sie haben recht. Es ist an der Zeit, zu verzeihen.«

Finten lächelte sein hölzernes Lächeln. Dann brachten sie Karl und Dieter Barnabas zum Wagen.

FÜNFUNDZWANZIG

Rose suchte unter Zeitungen und diversen Papieren nach seinen Notizen, um den Bericht zu schreiben.

Böhm betrachtete ihn unverhohlen. »Der Chef ist ganz glücklich, dass Sie ihm die Presseerklärung überlassen haben.«

»So sind die Chefs.«

»Vor allem die Sache mit Claudia Herzog. Dass Sie sozusagen en passant den Mörder von dem Mädchen gefunden haben.«

»Sie haben mir den entscheidenden Hinweis geliefert, lieber Kollege.« Rose klappte den Laptop auf.

»Das müssen Sie näher erklären!«

»An dem Abend, als wir bei Kunkel in Sailauf waren, wollten Sie den Ofen zu Hause anschüren. Das brachte mich auf Geisa.«

»Das verstehe ich nicht und auch etwas anderes nicht«, sagte Böhm. »Weshalb musste erst Frau Geisa sterben, und dann dieser Umstand mit dem Pferd? Er tötete sie, nur weil sie ihm nicht helfen wollte, seinen Vater zu erledigen. Das sagte er zumindest aus. Warum hat Dieter Barnabas nicht gleich seinen Vater umgebracht?«

»Haben Sie einen Vater?«

»Natürlich. Jungfernzeugung ist anderen vorbehalten.«

Rose lachte. »Das ist der erste Witz, den ich von Ihnen gehört habe. Aber dann verstehen Sie vielleicht, weshalb er seinen Vater nicht umbringen wollte. Man tötet seinen Vater nicht so einfach.«

Böhm schüttelte den Kopf. »Aber dann versuchte er es doch!«

»Dieter Barnabas wollte den Mord an Frau Geisa seinem Vater in die Schuhe schieben, in der Annahme, Karl Barnabas hätte seine Jugendliebe getötet. Er sollte im Gefängnis schmoren. Das klappte nicht, also nahm er ihm erst das Liebste: Anton, seinen Lebensgefährten. Das kühlte seinen Hass nicht wirklich, daher entschloss er sich am Ende, seinen Vater umzubringen. So zündete er die Kapelle an.«

»Aufgrund eines falschen Verdachts. Das ist tragisch«, sagte Böhm.

»Dieter Barnabas hatte in seinem Leben genug Hass angespart gegen seinen Vater. Der Verdacht war nur noch der Auslöser. Der Verlust seiner Liebe, der Mord an dem Mädchen, gab ihm die Kraft für den versuchten Vatermord.«

Böhm seufzte. »Zu guter Letzt haben beide, Vater und Sohn, alles verloren.«

»Sich vor allem«, sagte Rose. »Aber für einen Moment haben sie sich auch gefunden am Ende.«

Es klopfte. Ein Kollege kam ins Büro, ein Päckchen in Händen. »Das ist für Sie abgegeben worden.«

Rose drehte das Päckchen in seinen Händen. Auf dem groben, braunen Packpapier war kein Absender zu finden. Wer könnte ihm etwas schenken wollen? Er hob kurz den Blick. Sein Kollege starrte ihn auffordernd an. Böhm schien neugieriger als er selbst zu sein. Rose lächelte und riss das Päckchen auf. Ein kleiner Roboter, in Zeitungspapier gewickelt, kam zum Vorschein. Es war die Miniaturausgabe des Roboters aus Fintens Hof. Ein Zettel lag dabei:

Für Ihre Tochter – der Kleine heißt Minirob 344/66-3b
Herzliche Grüße
Tobbi
P.S.: Nichts für ungut …

Rose legte den Schalter auf dem Rücken um und setzte das Gerät auf den Boden. Der Roboter marschierte mit schnarrendem Geräusch im Büro umher.

Böhm kniete sich hin und lachte. »An der Pforte haben sie sicher befürchtet, dass eine Briefbombe in dem Päckchen ist.«

Er begann, dem Roboter hinterherzukrabbeln. »Jetzt weiß ich, an wen mich das Ding erinnert! Sieht aus wie der Roboter aus dieser Kindersendung. Die mit dem Fliwatüüt.«

Rose stand auf. Er wollte Ines anrufen, erfahren, wann sie mit ihrer gemeinsamen Tochter am Bahnhof ankäme. Lisa hatte endlich Ferien. Und hatte Ines nicht gesagt, dass sie sich seine Wohnung und sein neues Umfeld ansehen würde? Zumindest hatte sie sich die Möglichkeit, von Frankfurt einen Abstecher nach Aschaffenburg zu machen, offen gehalten.

»Ich gehe an die Luft. Bin gleich zurück.«

»Was machen Sie am Wochenende?« Böhm blickte vom Boden auf.

»Ich fahre in den Spessart«, sagte Rose.

»Bei diesem Nebel?«

»Gerade bei diesem Nebel.«

ENDE